女だらけの淫祭

睦月影郎

双葉文庫

目次

第一章　山小屋での初体験　7
第二章　美熟女の熱き愛液　48
第三章　神秘の巫女の匂い　89
第四章　憧れ美女との一夜　130
第五章　女体地獄に溺れて　171
第六章　さらば淫らな里よ　212

女だらけの淫祭

第一章　山小屋での初体験

1

「滝の浦……？　ここからずいぶんあるけど、今日中に着けるのかな……」

喫茶店のオーナーが、小首を傾げながら治郎に言った。

彼は、厨房にいた奥さんらしい女性にも訊いてみたが、彼女も知らないという風にかぶりを振った。

「そうですか……」

治郎は途方に暮れ、地図を畳んだ。滝の浦という地名は地図には記載されておらず、オーナーも古い客から、山奥にあるその地名を聞いたことがある程度だったらしい。

小野治郎は二十歳の大学生。国文科で民俗学のサークルに所属し、夏休み中なので、今日は憧れだった美人講師の郷里を訪ねて出てきたのだ。

東京から始発で北関東に向かい、というより南東北との境の山間まで、ローカル線からバスを乗り継いで終点まで来ると、小さな喫茶店があったので遅めの昼食でパスタを食べ、コーヒーを飲んでいるところだ。

周囲には何も無く、店内にも一人の少女が紅茶を飲んでいるだけである。

一週間前、夏期講習の日に、治郎は民俗学の講師である深山香澄に言われた。

「前から言っていたように、今日で退職するので小野君も元気でね」

覚悟していたが、いざ言われると彼は寂しさと、言いようのない慕情でじっとしていられない気持ちになった。

「まだ夏休みだから、香澄先生の故郷に遊びに行ってもいいですか」

治郎は思い詰めた眼差しで言い、激しく胸を高鳴らせた。

「遠いから無理よ。すごく分かりにくい場所だから」

「明日の朝に先生が行くなら、一緒に行きたいです」

「ダメ、講習を最後まで受けてレポートを出しなさい」

勢い込んで言うと、香澄が笑みを洩らして答えた。

香澄は二十七歳の独身、治郎はこの黒髪の長いメガネ美人に入学以来二年以上熱い思いを寄せ続けていたのである。

治郎は高校時代からシャイで恋人など出来たこともなく、もちろん未だに童貞だった。勉強は中の上だがスポーツは苦手で、同級生の女子たちは暗くてダサい彼など誰も眼中になかったようだ。

それでも香澄は分け隔(へだ)てなく接してくれ、恐らく彼の狂おしい慕情にも気づいていることだろう。

退職は、特に結婚というわけではなさそうだが、東京での暮らしを終え、郷里に戻るということだ。

「じゃ、レポート提出が済んだら、訪ねていってもいいですか」

「何もないところよ」

「それでも行きたいです」

特に彼女と深い関係になれなくても、夏の思い出に香澄と会って話し、思い切って告白をし、七つ年上である彼女への初恋に区切りが付けられれば、それで良いと思ったのだ。

「どうしても会いに来たい？」

「はい」

「それならレポートが済んだら来てみなさい」

香澄は言い、住所のメモを渡してくれた。

それで彼女は去ってゆき、治郎は歓喜に舞い上がりながらメモを見たが、それには県名と市と町、あとは滝の浦と書かれているだけで番地の数字などは書かれていなかった。

恐らく、その滝の浦という小さな村へ行けば、すぐ深山家は分かるのだろう。

とにかく彼は昨日レポートを提出し、今日は朝早くから出て来たのだ。

都内のアパート暮らしで、実家は伊豆（いず）にあり両親はともに高校教師で、彼は一人っ子だった。

だが、ここまで来たものの、当てもなく山中に入っても迷うだけではないか。

治郎が迷っていると、レジで会計を終えた客の少女が彼に話しかけてきた。

「滝の浦へ行きたいの？」

目を上げると、ポニーテールの美少女が彼を見下ろしている。高校生か大学生か、十八ぐらいだろう。気の強そうな眉と眼差しをし、ハイキングのような服装でキャップをかぶりリュックを背負っている。

「え、ええ、知っているの？」

「何という人を訪ねるの？」

「深山香澄先生」

「香澄さんなら知っているわ。じゃあなたは東都大の学生？」

「き、君は……」

思わず立ち上がると、彼女は治郎より頭一つ背が低かった。

「ええ、これから滝の浦へ帰るところ」

「い、一緒に連れてって下さい」

勢い込んで言うと、彼女は治郎の痩せた姿を上から下まで見回した。色白で、まず運動が苦手なことは一目で分かるだろう。

「山歩きはきついわよ。大丈夫？」

「だ、大丈夫。どうかお願いします」

きついと言っても、香澄やこの少女も帰れるのだから問題ないだろう。

とにかく治郎も精算をし、僅(わず)かな着替えを入れたリュックを背負った。

一緒に店を出ると、彼女は自動販売機でペットボトルの水を二本買い、一本を治郎に渡してくれた。

「ぼ、僕は小野治郎」

「私は、滝沢(たきざわ)あかり」

「高校生かな？」

「春に高校の寮を出て、今は短大。これから滝の浦に帰るところ」

「そうか、なんて運がいいんだ……」

「きつくて運が悪いと後悔するかも知れないわ。夜までに着きたいので急いで」

あかりは言い、さっさと歩きはじめた。

喫茶店を出ると、周囲にはほんの少し人家が点在しているだけで、山へ向かって少し歩いただけで家も車も全く見えなくなった。

車も通れない細い山道が、少しずつ上り坂になり、あとは見渡すかぎりの森で頭上を覆う木々の隙間から木漏れ日がシャワーのように降り注ぎ、蟬の声が実に賑やかだった。

あかりは少し先を黙々と、しっかりした足取りで進んでいる。

考えてみれば女性と二人きりで歩くなど、治郎にとっては生まれて初めての経験だった。

しかし、お話ししながらの気楽なハイキングではないようだ。

ややもすれば遅れがちになり、治郎は慌てて彼女を追う形になった。

（なんて足腰が強そうな）

彼は、あかりのジーンズのお尻を見ながら思い、ほんのり漂う甘い匂いに陶然となった。

彼女の歩調は全く乱れないが、それでも汗ばんでいるのだろう。その生ぬるく甘ったるい匂いを感じるたび、ますます治郎の全身から力が抜けそうになっていった。

と、その時である。

背後から爆音が聞こえ、驚いて振り返ると二台のバイクがこちらへ上ってくるではないか。

一台は二人乗りで、男が三人。夏休みで遊びに来たらしいが、大学生には見えず単なるガラの悪い遊び人風である。

後部シートの男は缶ビールを飲みながら、やがてバイクを止めて三人とも降りてきた。

「彼女、この先は何があるのかな。景色の良いところがあれば教えて」

「何なら、後ろに乗って案内してくれないかな」

知性のかけらもない下卑た顔つきで口々に言う。

「先には何も無い。やがてバイクも通れなくなる」

振り返ったあかりが無表情だが歯切れ良く言うと、一人が飲み干した缶を森に捨てた。

「ゴミを捨てるな。虫ケラ！」

あかりが激昂して詰め寄ると、

「何だと、この女」

睨まれた男が気色ばんで掴みかかろうとした。すると、あかりは両の手刀を同時に、男のコメカミに鋭く炸裂させたのだ。

コキッと音がすると、

「むが……！」

男が奇声を発し、大口を開けて顔の長さが倍になった。どうやら顎が外れたらしい。あかりは缶を拾って握りつぶすと、その口に缶を押し込んだ。

「な、何しやがる……！」

もう一人が迫ると、たちまち両のコメカミを叩かれ、同じように顎が外れた。

残る一人は完全に戦意を喪って青ざめた。

「手足が自由なら運転できるだろう。さっさと町の医者へ行け。やたらに動かすと、二度と顎は元通りにならないぞ」

あかりが言うと、無傷な一人がバイクを方向転換して跨がり、顎を外された二人も涎を垂らして呻きながら、懸命にバイクを向き直らせて跨がり、エンジンを掛けると這々の体で走り去っていった。

（す、すごい……）

呆然と見ているしかなかった治郎は舌を巻き、遠ざかってゆく爆音を聞いた。

「さあ、急いで」

あかりは何事も無かったかのように言い、束ねた長い髪を翻すと、さらに山道を上っていき、彼も必死に従ったのだった。

2

「ここで五分休憩」

あかりが立ち止まって言い、ペットボトルの水を含んだので、治郎もキャップを外して喉を潤した。彼女は先を進みながらも、背後の彼の息遣いや歩調を計って休憩してくれたようだ。

そして彼が腰を下ろそうとすると、

「座るな。立つときにもっと力を消耗する」

あかりがペットボトルをリュックに入れて鋭く言い、彼も慌ててシャキッと背筋を伸ばした。

「ここから獣道に入るから、ズボンの裾を靴下に入れて、腕まくりを降ろしてボタンを。虫が入ってくる」

彼女が言い、自分も屈み込んでそのようにした。

治郎も、全身を覆うように薄手のブルゾンの前チャックも閉めた。森に入ると不思議に暑さは感じなくなっていた。

「休憩終わり、前進！」

あかりが鬼軍曹のように言い、治郎も気を取り直して進んだ。

確かに獣道に入り、というより草や笹を掻き分けて進むばかりとなり、もちろん足元は見えないし、ときに草は肩の高さまであった。

治郎は前をゆくあかりのキャップだけを見失わないよう必死に進むと、もう彼女の甘い匂いは感じられず、湿った草の匂いばかりとなった。

一体どれぐらい進んだだろう。諦めて引き返すにしても、とても一人で迷わず山を下りる自信はない。

地面も平坦ではなく、たまに枯れ枝が落ちているが見えないので、何度か彼はつんのめりそうになって息を切らした。

「もう少し行けば橋がある」

あかりが前を見て進みながら言う。橋があるなら、その向こうは少しは開けているだろう。あるいは、あかりは近道のため森を突っ切るように入っているのかも知れない。

やがて深い森を抜けると、急に明るくなった。そこで、あかりが立ち止まったので、治郎はまた水を飲んだ。

目の前は、こちらと向こうに切り立った崖、そして木の幹にロープが結びつけられて崖を結んでいる。それは上下に二本だけだ。

「ま、まさか、これが橋……？」

治郎は水に噎せ返って言った。

双方の崖の間は十メートルほどもあり、遥か下に渓流が見えた。

「上のロープを利き腕の脇に挟んで、残る腕でたぐりながら下のロープを進む」

「と、とても無理だ……」

あかりに言われ、治郎は尻込みして声を震わせた。

「香澄さんに会いたいのだろう。香澄さんも会いたがっている。でなければ滝の浦の名を教えるわけがない」

「で、でも……」

治郎が嫌々をして言うと、いきなり迫ったあかりが彼の頬を激しく叩いた。

「うわ……！」

よろけたが、何とか顎は外れていないようだ。

「これで元気が出ただろう。さあ、まず私が手本を」

あかりが言って崖に身を乗り出し、下のロープを踏みながら上のロープを脇に挟み、たぐりながらカニ歩きのように進んでいったが、実に速く、あっという間に向こう側に着いてしまった。

「さあ、今のように」

言われて、治郎も甘美な頬の痛みを感じながら意を決して上のロープを脇に挟み、下のロープに足を乗せていった。ロープはしっかり張られているが、全体重を掛けると僅かにたわんだ。

「決して脇を緩めないように、ゆっくりで良いので」

あかりが言い、治郎も下を見ないように、彼女の顔だけを見つめて進んだ。

汗ばんだ手でロープを握り、蝸牛（かたつむり）のように少しずつ少しずつ前に行ったが、あかりも決して急かすようなことは言わなかった。

（も、漏らしそうだ……）

治郎は冷や汗を掻いて大小の便意を催しながら、足を踏み外さないよう懸命に進んでいった。

まさか、憧れの美女に逢いに行くのに、こんな大冒険が待っているとは夢にも思わなかったものだ。

「もう少し、でも気を緩めるな！」

あかりが言い、さらに進むと彼女が手を伸ばし、治郎も必死に手を伸ばして握り合った。引っ張ってもらうと、あと一歩で向こう側に着くというとき、いきなりズルッと足がロープから外れた。

「ひい！」

身体が宙に浮き、治郎が悲鳴を上げると、あかりが必死になって彼の腕を引いた。ようやく向こう側に辿り着くと、勢い余って彼はあかりにしがみつき、一緒に倒れ込んだ。互いに尻餅を突きながら顔を見合わせると、いきなり彼女がプッと吹き出した。

「あはははは、弱虫！」

あかりが初めて笑顔を見せて笑い、まだしがみついたままの治郎は、甘酸っぱい吐息を感じてドキリと胸を高鳴らせた。

何とか支えられながら立ち上がると、

「さあ、しっかり。まだ半分も来ていない」

あかりは言い、気合いを入れるように彼の尻をパーンと叩いた。

「あ、あの、トイレはどこかな……」

「見た通り、そんなものはない。催したならそこらで、虫や蛇に気をつけて」

言われて、治郎は下腹を押さえながら草の中に入った。

そして言われた通り周囲に虫や蛇がいないか確認してから、ズボンと下着を下ろしてしゃがみ込んだ。

外で大小をするなど、これも生まれて初めての体験である。

あかりに音が聞こえるのは恥ずかしいが、そんなに森の奥に行くわけにもいかず、その場で大小を排泄した。やはり、緊張と恐怖でだいぶゆるくなっているようだ。

しかし草の匂いに紛れ、生々しい匂いは感じられなかった。

苦悶して用を足し終えると、ポケットティッシュで処理をして立ち上がった。

そして身繕(みづくろ)いをし、あかりのいるところまで戻った。

「あ、紙は捨ててしまったけどいいかな……」

「紙ぐらいいならいい」

あかりが言うので、どうやら顎を外されずに済みそうだ。

「腹を下したか。これを」

するとあかりが言いながら、近くにあった葉を何枚か取って細かにちぎり、手で揉んでから自分の口に入れて咀嚼(そしゃく)した。

そして治郎に顔を寄せ、両手で彼の頬を挟むとピッタリと唇を重ねてきたのである。

「ウ……」

間近に迫る野性的な美少女の顔を眩(まぶ)しく思いながら呻くと、彼の口に唾液混じりの薬草が送られてきた。彼女の熱い鼻息に鼻腔が湿り、彼は少し苦い生温かな唾液混じりの薬草を飲み込んだ。

甘美な悦びと興奮で胸を満たしたが、まさか自分の記念すべきファーストキスが森の中で、薬草の口移しで行われるとは思わなかったものだ。

うっとりしている間にも呆気(あっけ)なく唇が離れ、あかりは口に残った残滓(ざんし)をペッと

吐き出すと、

「さあ、前進！」

言って進みはじめた。治郎もペットボトルの水を飲みながら慌てて従ったが、もう森の中ではなく割りに穏やかな道になった。

それでも初めての山歩きで全身が疲労し、ややもすれば歩きながら眠ってしまいそうになってきた。

気がつけば暗くなりつつあり、西空あたりに見当を付けて見たが、厚い雲が湧いて夕陽は見えなかった。

「まずいな、風が湿っている……」

あかりが空を見上げて呟（つぶや）くと同時に、ゴロゴロと雷鳴が腹の底に響いてきた。

すると間もなく、ポツポツと雨が降りはじめ、たちまち地を叩く豪雨となっていった。

「急いで、小屋がある」

あかりが言って走り、治郎も滑らないよう必死に走っていくと、間もなく彼方に小屋が見えてきた。

小屋といっても丸太の山小屋ではなく、プレパブだった。里のものが、たまにこうして雨宿りにでも使うのだろう。

中に入ると、石油ストーブに畳まれた毛布、棚には水の入った大きなボトルやカップ麺なども置かれていた。電気はなく、あかりが棚にあったマッチでランプに火を灯(とも)した。

治郎は靴を脱ぎ、ようやく毛布に腰を下ろしたのだった。

3

「そんなものは、これから先、何の役にも立たない」

スマホを取り出した治郎を見て、あかりもリュックを下ろして言った。

確かに、スマホで天気予報を見ようとしたが圏外で埒(らち)があかなかった。

「どうせ朝まで上がらないだろう。ここへ泊まる」

言われて、もう今日は歩かなくて済むかと思い、治郎は安心してブルゾンを脱いで脚を伸ばした。しかし美少女と夜を明かす興奮よりも、全身の疲労の方が彼に重くのしかかっていた。

あかりはストーブに火を点け、鍋にボトルの水を入れた。

やがて湯が沸くと、あかりは全く疲れた様子もなく、カップラーメンを二つ作って二人で食べた。

空にすると水を飲み、あかりに訊きたいことが山ほどあるのに口を開く元気も無くなって脱力感に襲われた。

「よほど運動に慣れていないようだな。眠るといい」

あかりが言い、彼も素直に毛布を広げて横になると、たちまち深い睡り(ねむ)に落ちてしまったのだった。

どれぐらい眠っただろう。違和感に気がつくと、何と全裸になったあかりが、勃起しているペニスに屈み込んでいるではないか。

いつの間にか治郎も全裸にされ、湿った服がロープに掛けられている。

「あ……」

「じっとして、好きにしたい」

治郎が目覚めたことを知り、あかりは言いながらも、熱い視線をペニスに注いでいた。そして、そろそろと幹に指を這わせ、張り詰めた亀頭にも触れ、陰嚢をいじって袋をつまみ上げ、肛門の方まで覗き(のぞ)込んできた。

「こうなってるの。こんな太いものが入るのね……」

あかりがいじりながら呟く。どうやら眠っている間にも無意識に、刺激でピンピンに勃起していたのだろう。

　してみると、あかりはまだ処女のようだ。

　さっきは平気で唇を重ねてきたが、それは薬草を含ませるため、里ではごく自然にしていることなのかも知れない。

　まだ激しい雨音が続き、たまにサッシの窓から雷光が射し、すぐ激しい雷鳴が響き渡ってきた。

「い、いきそう……」

　いじられながら高まり、治郎は情けない声を出した。

　すると、あかりが手を離し、

「私としてみたい？」

　治郎の顔を見下ろして訊いてくるので、彼も勢い込んで激しく頷いた。

「じゃ、好きにしてみて」

　あかりが言って添い寝してきたので、彼も起き上がり、ランプの灯に照らされて身を投げ出した美少女の肢体を見下ろした。

　小麦色の全身は見事に引き締まり、乳房はそれほど大きくはないが張りがありそうで、乳首も乳輪も初々しい薄桃色をしていた。

腹も段々に筋肉が浮かび、太腿も実に逞しかった。

股間の翳りは淡いもので、早く見たいと気が急いて、完全に目も覚めたが、やはり肝心な部分は最後に取っておこうと思った。せっかく好きにして良いと言われているのだから、性急に済ますのは勿体なく、初めての女体を隅々まで観察したかったのだ。

治郎は期待と興奮に胸を高鳴らせ、まずはあかりの乳房に顔を寄せていった。

チュッと乳首に吸い付いて舌で転がし、顔中で膨らみの張りを味わった。

「アア……」

あかりがうっとりと喘ぎ、目を閉じてクネクネと身悶えはじめた。

充分に味わってから、もう片方の乳首を含んで舐め回し、彼も息を弾ませて左右の乳首を交互に味わった。

さらに彼女の腕を差し上げ、ジットリ湿った腋の下にも鼻を埋めると、何とも甘ったるく濃厚な汗の匂いが馥郁と籠もっていた。彼は胸を満たし、スベスベの腋に舌を這い回らせた。

「あう……」

あかりが、くすぐったそうに呻いて身をよじった。

治郎はそのまま滑らかな脇腹を舐め下り、中央に戻って愛らしい縦長の臍(へそ)を探り、ピンと張り詰めた下腹に顔を埋めて弾力を味わった。

そして股間を後回しにし、腰から脚を舐め下りていった。

あかりの肌はどこも滑らかで、バネを秘めた脚はスラリと長かった。

足首まで行くと足裏に回り込み、踵(かかと)から土踏まずを舐め、足指の間に鼻を押し付けて嗅(か)いだ。

そこは生ぬるくジットリと汗と脂に湿り、ムレムレの匂いが濃く沁(し)み付いて鼻腔を刺激してきた。

軽やかに歩いていたが、それでも半日の山歩きで相当に蒸れていた。

美少女の足の匂いを貪(むさぼ)ってから爪先にしゃぶり付き、順々に指の股にヌルッと舌を割り込ませて味わうと、

「く……、ダメ……」

あかりが呻いたが、拒(こば)みはしなかった。処女だけに、男とはこういうことをするものだろうと思ったのかも知れない。

もちろん治郎も、誰に教わったわけでもなく、女体を好きに出来たら、してみたかったことを順々にしているに過ぎない。

無味無臭っぽい風俗に行く気にはならなかったし、ネットの裏画像や官能小説では匂いは伝わらず、それでも彼は女体のナマの匂いをあれこれ想像しながら、毎晩のように熱いザーメンを自分で放ってきたのだった。

彼はあかりの両足とも、全ての指の股を舐めて味と匂いを貪り、やがて身を起こすと、彼女をうつ伏せにさせた。

あかりも素直にゴロリと背を向け、治郎はまた屈み込み、踵からアキレス腱、脹(ふく)ら脛(はぎ)から汗ばんだヒカガミ、太腿から尻の丸みを舌でたどっていった。

腰から滑らかな背中を舐めると汗の味がし、

「あう……」

あかりが顔を伏せたまま呻いてビクリと反応した。背中も、かなり感じる部分らしい。

肩までいって長い髪に鼻を埋めると、そこも淡い汗の匂いが籠もっていた。

耳の裏側の湿り気も嗅いで舐め、再び背中を舐め下りて尻に戻ってきた。

うつ伏せのまま股を開かせ、彼は腹這いになって尻に顔を迫らせた。

指で谷間を広げると弾力が伝わり、奥には薄桃色の可憐な蕾(つぼみ)がひっそり閉じられていた。

鼻を埋め込むと、顔中にひんやりした双丘が密着し、彼は蕾に籠もって蒸れた匂いを貪った。

それでも生々しい刺激臭は籠もっていないので、あかりも町にいる間はシャワー付きトイレを使用していたのだろう。

舌を這わせ、細かに収縮する襞を濡らしてから、ヌルッと潜り込ませて滑らかな粘膜を味わうと、

「く……、変な気持ち……」

あかりが呻き、モグモグと肛門で舌先を締め付けてきた。

治郎は充分に舌を蠢かせてから、ようやく顔を上げると、再び彼女を仰向けにさせた。

寝返りを打った片方の脚をくぐると、彼はムッチリと張りのある内腿を舐め上げ、股間に顔を迫らせていった。

見るとぷっくりした神聖な丘には、ほんのひとつまみほどの楚々とした若草が恥ずかしげに煙り、割れ目からはピンクの花びらがはみ出していた。

彼も興奮で息を震わせながら、指でそっと陰唇を左右に広げると、中身が丸見えになった。

全体はヌメヌメと清らかな蜜に潤い、処女の膣口が花弁状に襞を入り組ませて息づき、ポツンとした尿道口も確認できた。

そして包皮の下からは小指の先ほどもあるクリトリスが真珠色の光沢を放ち、ツンと突き立っていた。

とうとう女体の神秘の部分に迫ることが出来たのだ。さっきのあかりではないが、こうなっているのか、と呟きたくなった。

我慢できず、吸い寄せられるように顔を埋め込み、柔らかな恥毛の丘に鼻を押し付けた。

嗅ぐと隅々に籠もる、蒸れた汗とオシッコの匂いが悩ましく鼻腔を掻き回してきた。治郎は美少女の匂いに噎せ返りながら、舌を挿し入れて濡れた柔肉を舐め回した。

ヌメリは淡い酸味を含み、すぐにも舌の動きをヌラヌラと滑らかにさせた。

彼は膣口の襞をクチュクチュと探り、味わいながら柔肉をゆっくりたどり、クリトリスまで舐め上げていった。

「アアッ……！」

あかりがビクッと顔を仰(のぞ)け反らせて喘ぎ、内腿でキュッときつく彼の両頬を挟み付けてきた。

もがく腰を抱え込んで抑え、チロチロとクリトリスを舐め回すと格段に潤いが増し、白い下腹がヒクヒクと波打って内腿に強い力が入った。

治郎が美少女の味と匂いを貪り続けると、あかりがガクガクと激しく腰を跳ね上げ、嫌々をして腰をよじった。

4

「も、もうダメ、いきそう、入れて……」

あかりが大胆にせがみ、内腿の力を緩めた。すでに小さなオルガスムスを迎えはじめているのではないか。

治郎も身を起こして股間を進め、幹に指を添えて先端を割れ目に擦(こす)り付け、ヌメリを与えながら位置を探った。

「もう少し下……」

するとあかりが言い、僅かに腰を浮かせて誘導してくれた。

見当を付けて押し付けると、張り詰めた亀頭がヌルリと潜り込んだ。

「あう、いい……、そこ……」

あかりが身を反らせて呻き、彼もヌメリに任せてヌルヌルッと滑らかに根元まで押し込んでいった。

さすがに締まりはきついが、熱く濡れた内部は実に心地よかった。

股間を密着させて身を重ねると、あかりも下から両手を回してしがみついてきた。

胸の下では乳房が押し潰れて弾み、柔らかな恥毛が擦れ合い、強く押し付けるとコリコリする恥骨の膨らみも伝わってきた。

まだ動かず、上からピッタリと唇を重ね、舌を挿し入れて綺麗に揃って滑らかな歯並びを左右にたどった。

すぐにあかりも歯を開いて受け入れ、ネットリと舌をからめてくれた。

生温かな唾液に濡れた舌が滑らかに蠢き、今こそ彼はファーストキスを体験した気持ちになった。

するとあかりが、待ち切れないようにズンズンと股間を突き上げ、回した両手に力を入れはじめた。

どうやら処女でも破瓜の痛みはなく、あるいは器具の挿入などを体験しているのかも知れない。

彼も合わせるように腰を突き動かしはじめると、

「アアッ……、いい気持ち……」

あかりが口を離して熱く喘いだ。湿り気ある吐息を嗅ぐと、もう薬草の香りは残っておらず、野山の果実のように甘酸っぱい匂いが悩ましく濃厚に彼の鼻腔を刺激してきた。

しかし、あまりに突き上げが激しいのでリズムが合わず、途中で彼自身はヌルッと引き抜けてしまった。

「あう、ダメ……」

あかりが言い、治郎が懸命に再び挿入しようとしたが、気負いと緊張で萎(な)えはじめ、なかなか入れることが出来なくなっていた。

「待って……」

彼女が言って身を起こすと、治郎も入れ替わりに仰向けになった。

するとあかりが移動して屈み込み、粘液に濡れた先端にチロチロと舌を這わせはじめてくれたのだ。

「ああ……」

治郎は快感に喘ぎ、美少女の愛撫に身を任せた。

彼女は張り詰めた亀頭をしゃぶり、スッポリと喉の奥まで呑み込んだ。そして幹を締め付けて吸い、熱い息を股間に籠もらせながら口の中ではクチュクチュと舌を蠢かせた。

たちまち彼自身は、美少女の口の中で、温かく清らかな唾液にまみれながらムクムクと最大限に膨張していった。

もちろん口に出されるより、セックスがしたいのだろう。充分に唾液に濡れて勃起すると、あかりはチュパッと軽やかな音を立てて口を離し、身を起こすと前進して跨がってきた。

先端に割れ目を押し当て、息を詰めてゆっくり腰を沈み込ませていくと、ペニスは再びヌルヌルッと滑らかに根元まで嵌(は)まり込んでいった。

「アア……」

あかりが完全に座り込んで喘ぎ、密着した股間をグリグリと擦り付けた。

そして身を重ねてきたので、治郎も両手を回して抱き留め、僅かに両膝を立てて彼女の尻を支えた。

すぐにも彼女が腰を動かしはじめたので、彼も下からズンズンと股間を突き上げた。

今度は仰向けのため治郎の背中と腰が安定し、抜ける心配もなさそうだ。

次第に彼女が動きを速め、治郎もリズムを合わせて肉襞の摩擦と締め付け、温もりと潤いを味わった。

溢（あふ）れる愛液が陰囊の脇を伝いながら、彼の肛門の方まで生ぬるく濡らし、動きに合わせてピチャクチャと淫らに湿った摩擦音も聞こえてきた。

あかりは高まりに乗じて何度となく、上から唇を重ねては舌をからめ、頬や鼻の頭にもキスの雨を降らしてくれた。

甘酸っぱい息の匂いと摩擦に、とうとう治郎は我慢しきれずに昇り詰め、大きな絶頂の快感に全身を貫かれてしまった。

「い、いく……！」

口走ると同時に、熱い大量のザーメンがドクンドクンと勢いよくほとばしり、

「あ、熱いわ……、アアーッ……！」

噴出を感じた途端に、あかりもオルガスムスのスイッチが入ったように声を上ずらせ、ガクガクと狂おしい痙攣（けいれん）を繰り返した。

すると収縮と潤いが増し、彼は全身まで吸い込まれそうな快感の中、心置きなく最後の一滴まで出し尽くしてしまった。

中出しして大丈夫なのだろうかと少し心配になったが、あかりが全く気にしていないようなので、やがて治郎はすっかり満足しながら、徐々に突き上げを弱めていった。

「ああ……」

あかりも声を洩らし、肌の硬直を解きながら力を抜くと、グッタリと彼にもたれかかってきた。まだ膣内は名残惜しげにキュッキュッと収縮を繰り返し、射精直後で過敏になったペニスが刺激され、内部でヒクヒクと跳ね上がった。

「く……」

あかりも敏感になっているように呻くと、幹の震えを抑えるようにキュッときつく締め上げてきた。

治郎は美少女の重みと温もりを受け止め、果実臭の吐息を間近に嗅いで鼻腔を満たしながら、うっとりと快感の余韻を味わった。

やがて呼吸を整えると、あかりがそろそろと股間を引き離し、ティッシュで互いの股間を拭う(ぬぐう)と毛布を引き寄せ、全裸のまま身を寄せてきた。

「もう少し眠るわ」

あかりが言い、治郎も雨音を聞きながら目を閉じると、心地よい気怠(けだる)さの中で再び深い睡りに落ちていったのだった……。

——次に目を覚ましたときは、もう窓の外は薄明るくなり、すっかり雨音も止んでいた。治郎の横で寝ていたあかりも目を開いた。

(そうだ、真夜中に初体験をしたんだ……)

治郎は昨夜の目眩く快感を甦らせ、朝立ちの勢いでペニスを突っ張らせた。

「あんなに気持ち良いものだとは思わなかった……」

あかりが身を寄せたまま囁く。

「道具を使ったことはあるけど、血が通っているものの方がずっといい」

彼女が言う。やはりバイブなどの器具を挿入した経験があるようだ。確かにバイブは射精しないから、それで彼の噴出を感じた途端にオルガスムスに達したのだろう。

「さあ、今日も歩くわ」

「そ、その前に、勃ってしまって……」

彼女が言うので治郎は答え、毛布を剝いで屹立したペニスを見せた。

「まあ、朝からしたら私でも動けなくなるわ。あんなに良いものだなんて知らなかったから」

あかりは言い、それでもやんわりと強ばりを包み込み、ニギニギと愛撫してくれた。

治郎は、指で果てるのも良いと思い、そのまま愛撫に身を任せ、あかりに唇を重ねて舌をからめた。美少女の吐息は寝起きですっかり果実臭が濃くなり、悩ましく鼻腔を刺激してきた。

「い、いきそう……」

「お口に出す？　私も飲んでみたい」

高まって言うと、あかりが動きを止めて言った。その言葉だけで暴発しそうになるのを堪え、彼は仰向けに身を投げ出した。

すると彼女もすぐに移動し、大股開きにさせた真ん中に腹這いになり、顔を寄せてきた。

まず彼女は、陰嚢にヌラヌラと舌を這わせて二つの睾丸を転がした。

「ああ……」

治郎は喘ぎながら、陰嚢も感じることを新鮮に思った。

せがむように幹を上下させると、あかりも前進して肉棒の裏側を舐め上げてきた。そして先端まで来ると、粘液の滲む尿道口をチロチロと舐め、スッポリと呑み込んでいった。

熱い鼻息で恥毛をそよがせ、彼女は最初から顔を小刻みに上下させ、スポスポと濡れた口で強烈な摩擦を開始してくれた。

治郎も下から股間を突き上げると快感が増し、

「い、いく……」

いくらも我慢できずに口走り、彼は昇り詰めてしまった。

「あう、気持ちいい……！」

治郎はドクンドクンと勢いよく射精すると、美少女の口を汚す禁断の思いで快感が増した。

「ンン……」

あかりは喉の奥を直撃されて呻き、それでも吸引と摩擦は続行してくれ、彼は最後の一滴まで出し尽くしてしまった。

「ああ……」

満足しながらグッタリと力を抜いていくと、あかりも動きを止めてくれた。

そして亀頭を含んだまま口に溜まったザーメンをコクンと一息に飲み込むと、

「く……」

嚥下とともに口腔がキュッと締まり、彼は駄目押しの快感に呻いた。飲んでもらうなど、夢のまた夢だった経験をして、治郎はいつまでも感激の動悸が治まらなかった。

ようやくあかりが口を離し、なおも余りをしごくように幹を愛撫しながら、尿道口に滲む白濁の雫まで丁寧に舐め取ってくれた。

「も、もういい、有難う……」

治郎は口走り、幹を過敏に震わせながら降参するように腰をよじった。

「これが生きた子種なのね。生臭いけど、すごく濃い感じ……」

舌を引っ込めたあかりが言い、彼は抱き寄せて添い寝させ、呼吸が整うまで余韻の中で腕枕してもらった。彼女の吐息にザーメンの生臭さは残らず、さっきと同じ甘酸っぱい果実臭がしていた。

「まだ疲れは残ってる？」

「うん、まだ少し身体が重い……」

あかりに答えると、すぐ彼女は身を起こし、彼の足裏や脹ら脛をキュッと強く指圧してくれた。

「あう、気持ちいい……」

治郎は痛いほどの刺激に呻きながらも、徐々に疲れが癒えていくのを覚えた。

5

「さあ、出発！」

今日も元気にあかりが言い、治郎も一緒に小屋を出た。

蟬が鳴きはじめると山の端から曙光が射し、雨もすっかり上がっている。

今朝も二人でカップラーメンを食べた。あかりも野生児のようなのに、そうしたインスタントものにも抵抗はないらしい。あるいは、あるもので仕方なく済ませているのだろう。

そして二人はボトルの水で軽く顔を洗って口をすすぎ、トイレは順々に小屋の外で済ませた。窓からそっと覗いてみたが、さすがにあかりも死角で用を足しているのか、その姿は見えず音も聞こえなかった。

雨にぬかるんでいるが道はずっと平坦で、もう森にも入ることもなく治郎は安心した。

すると視界が開け、左前方に滔々と流れる滝が見えた。

「す、すごい……、あれは何という滝？」

　大自然に見とれながら、息を呑んで訊くと、

「深山の滝」

　あかりが答える。香澄の苗字と同じだなと治郎は思ったが、しかしあかりの表情はあまり浮かなかった。

「どうかしたの？」

「ここが最後の難関。私だけなら簡単に降りられるのだけど」

「こ、この崖を降りるの……？」

　治郎は目を丸くし、恐る恐る下を見た。

　三十メートルほどだろうか、切り立った岩場で、とても治郎には無理だった。

「どうしたものか……」

　あかりが呟き、リュックからロープを出そうとした。

　しかし、その時いきなり声を掛けられたのだ。

「私が抱いて降ろそう」

「お、お母さん……」

　声に振り向き、あかりが顔を輝かせて言った。

「こんな近くまで迫られて気づかぬとは、何と未熟な」

黒の作務衣を着た、髪の長い美熟女が言う。

いや、作務衣というより、きっちり前紐を締めた袴で地下足袋、いわゆるニンジャブーツだ。

長身で整った顔立ち、四十歳前後か、正に女忍者スタイルだった。

「あ……、小野治郎です……」

「私はあかりの母、滝沢かがり」

緊張しながら挨拶すると、かがりは笑みを含んで答えた。

「さあ、彼は私に任せて、あかりは先に降りなさい」

「はい」

言われて、あかりはリュックを背負い直し、返事をするやいな、無造作に飛び降りていった。

「うわ……」

驚いて見下ろすと、あかりは切り立った崖の岩を、右に左に軽やかに踏みながら危なげなく下まで降りたのである。

「さあ、では」

かがりが言い、治郎を正面から抱いた。

「両手両脚でしっかり摑まって、決して力を緩めぬように。五つ数えるぐらいで降り立つので」

言われて彼も両手をかがりの肩に回し、両脚も彼女の腰に巻き付けてしっかりしがみついた。

胸の膨らみは感じられるが硬いので、あるいはきっちり晒しでも巻いているのだろう。まさか初対面の美熟女に抱きつくことになろうとは夢にも思わなかったものだ。

「あかりの匂いがする。未熟な」

「え……？」

かがりの囁きを嗅ぐと、それは熱く湿り気があるが、全くの無臭だった。そういえば汗の匂いも全く感じられない。

してみると、あかりとのセックスを、かがりは残り香で察したのだろう。

「あかりはまだ汗の調節も出来ず、唾で口中を洗う技も上手くない」

「匂いを消すって、それって忍者の……」

「そう、深山は素破の里。では」

かがりは言うなり宙に舞い、

「ひい……」

治郎は必死にしがみつきながら、睾丸が縮むような浮遊感に包まれた。

薄目で見ると、かがりの肩越しに崖の岩肌が上へ上へと流れていく。

そして五つ数える暇もなく、いきなり微かな衝撃とともに、かがりは地に降り立ったようだ。

彼女が降ろしてくれたので、息を震わせて周囲を窺うと、滝の音が間近に聞こえ、瀑布をバックにあかりが立って待っていた。

「さあ、あとは危ないところはない」

あかりが言い、足をフラつかせながら治郎が従うと、いつの間にかかがりは姿を消していた。どうやら先に里へ帰ったらしい。

先導するあかりは滝へと近づき、その裏側へと入っていったのだ。冷たい飛沫を浴びながらついていくと、滝の裏側に洞窟があった。

ここが里への入り口なのだった。

海もないのに浦というのは変だと思っていたが、本来は滝の裏で、それが変化したものだろう。確かに滝の裏では、大っぴらに里の在処を報せるようなものである。

洞窟は人が横に並んで二人、立って入れるほどの大きさだった。

奥は真っ暗で出口も見えない。

「つまずくようなものは何もない」

言いながらも、あかりは手をつないでくれた。

手を引かれながら恐る恐る闇の中を進んでいくと、途中から道は左に折れ、すると彼方に明るい出口が見えた。

それが見えて安心しても、彼はあかりの手を握りながら歩いた。

やがて出口に着くと眩(まばゆ)い光に包まれ、ようやく治郎は手を離して外に出た。

蟬の声と強い陽射しが降り注ぎ、緑の森を抜けると、そこに村があった。

（なんて……）

治郎は目を見張った。一体何百年前から建っているのだろう。

木造の質素な家々は屋根が木の皮で葺(ふ)かれ、石が載せられていた。

そこは山に囲まれた隠れ里で、山の麓(ふもと)には田畑もあり、上流から滝に通じる川の支流が陽光を浴びて輝いている。

奥にはひときわ大きな建物があり、鳥居があるので神社と分かった。

まるで時代劇のセットのような家々の間を進むと、あかりは神社の手前にある一軒の家に治郎を案内してくれたのだった。

第二章　美熟女の熱き愛液

1

「ここは、香澄先生の家？」

「私の家よ。今は香澄さんには会えないわ。神社に籠もっているので」

治郎が訊くとあかりが答え、とにかく中に入った。

土間の隅には竈（かまど）があり、川から汲（く）んだ水を溜めておくらしい大きな水瓶が置かれていた。

電話どころか、電気ガス水道も来ていないらしい。

あかりに訊くと、子供たちは小中一貫の分校に何キロも走って通い、高校以上は寮のある学校へ進むようだった。

そして物心ついたときから、みな過酷な体術の訓練や、山で生きる知恵、薬草の知識などを徹底的に学ぶらしい。

「今は人も減って女ばかり。男が里に入ったのは久しぶり」

　あかりが言う。

　治郎は囲炉裏のある部屋に通されて座った。エアコンなどはないが、風が通って涼しく、思っていた以上に快適だった。

　すると、そこへ浴衣姿で二十歳ぐらいの美女が盆を持って入って来た。

「いらっしゃいませ。小夜子と申します。お帰りなさい、あかりさん」

　座って言い、冷えた麦茶を出してくれる。

　ほっそりとした色白で、この華奢な人も山野を駆け回る術を持っているのだろうかと治郎は思った。

「こんにちは、小野治郎です」

「お久しぶりね。小夜子さん」

　治郎が挨拶すると、あかりも彼女に笑いかけて言った。

　あとで聞くと、小夜子は身寄りがなく、この滝沢家で引き取って下働きをしているようだった。

「小夜子さん、治郎さんに家の中を案内してあげて。私は水を浴びてくるわ」

　麦茶を飲み干したあかりが言って立ち、部屋を出て行った。

治郎も喉を潤して立ち上がると、小夜子が案内してくれた。

「ここが厠(かわや)です。下肥(しもごえ)に使うので、使った紙はその箱へ」

小夜子が、トイレの戸を開けて言う。

和式の後架(こうか)があって何やら懐かしい匂いが感じられ、チリ紙の束と、その横に紙を捨てるための木箱が置かれていた。さらには、灯りもないので手燭(てじょく)を置くための棚も設置されている。

風呂場はあかりが使っているので開けず、それでも洗面所には現代のタオルや歯ブラシなどがあった。

意外に間数が多く、この滝沢家は神社に次ぐ大きな屋敷なのかも知れない。

小夜子に聞くと、この家には母娘と小夜子だけで暮らしているようだ。

もっともあかりは久々に帰宅したので、それまでは二人だったのだろう。

そのかがりも、今はどこかへ行っているのか姿を見せなかった。

「治郎さんはここに寝て下さいね」

小夜子が、和室の六畳間に彼を案内して言った。

隅には布団が畳まれ、あとは家具も何もなく、縁側(えんがわ)からは松の木のある庭が見えていた。

「では、すぐお昼にするので休憩していて下さいね」

小夜子が辞儀をして去っていった。

治郎はリュックを隅に置いて薄手のブルゾンを脱ぎ、畳に座った。

スマホを出して確認してみたが、やはり圏外だった。

(神社に籠もってるって、何なんだろう……)

治郎は香澄を思ったが、それ以上に、昨夜体験したあかりの匂いや感触が甦って股間が熱くなってきてしまった。

いや、かがりも小夜子もとびきりの美人だ。この里に何日いられるか分からないが、ここでの体験は自分の人生でも貴重なものになる予感がした。

と、そこへ浴衣姿になったあかりが顔を出した。ポニーテールを下ろし、湿った長い髪が艶(なま)めかしい。

「お風呂使う？　残り湯を浴びるだけだけど」

「うん、有難う」

治郎は立ち上がって答え、リュックからタオルと歯ブラシを出して彼女に従った。脱衣所に行くと、

「このバスタオルと浴衣を使って、洗い物はこの桶に」

あかりは言い、すぐに出ていった。

見ると桶には、あかりのものらしいソックスと下着、ブラやシャツが入っているではないか。

治郎は思わず手に取り、ソックスの爪先を嗅いで蒸れた匂いにムクムクと勃起し、シャツの腋の下を嗅ぐと甘ったるい汗の匂いが沁み付いて悩ましく胸を掻き回した。

下着を手にし、裏返して股間の当たる部分を見ると、うっすらとレモン水でも垂らしたようなシミがあり、鼻を埋めると繊維全体に汗の匂いが沁み付き、シミに籠もった匂いがゾクゾクと鼻腔を刺激してきた。

かがりは、匂いをさせるのは未熟と言ったが、こうしたナマの匂いが言いようもなく彼を興奮させるのである。

水音も立てず、あまり静かだと怪しまれるだろうから、治郎はあかりの体臭を鼻腔に刻みつかせてから、自分も手早く全裸になり、下着とTシャツ、靴下を桶に入れて浴室に入った。

簀（すのこ）の子が敷かれ、木の椅子があり、風呂桶は昔ながらの小判型だ。

恐らく薪（まき）で焚（た）くのだろう。浴室内には、まだあかりの甘ったるい匂いが残っていた。

治郎は、あかりも座ったであろう椅子に座って歯磨きをし、手桶で残り湯を汲んで頭から浴びた。ぬるい湯が心地よく、彼は全身の汗を流し、こっそり放尿までして腋と股間を擦ってから風呂場を出た。

バスタオルを使うと微かに湿っているので、あかりが使ったものだろう。しかし嗅いでも匂いは特に感じられなかった。

身体を拭くと全裸の上から浴衣を着て帯を締め、自分のタオルと歯ブラシはそこへ置かせてもらい、もう一度だけあかりの下着を嗅いでから、何とか勃起を治め、ズボンだけ持って脱衣所を出た。

「どうぞこちらへ」

すると厨（くりや）から小夜子が顔を出して呼んだので、彼はズボンだけ部屋に置いて茶の間へと行った。もちろんテレビもなく、茶箪笥（ちゃだんす）があるだけである。

あかりも座っていて、卓袱台（ちゃぶだい）には生野菜サラダと素麺（そうめん）が置かれていた。

「いただきます」

治郎は言い、あかりと一緒に食事をした。この野菜も、里の美女たちの排泄物を肥料にして育ったものなのだろう。

どれも新鮮で美味しく、治郎は満足してあかりと昼食を終えたのだった。

「外へ行く？」

あかりに言われ、治郎は浴衣姿のまま、下駄を借りて一緒に家を出た。

田畑で仕事をしている女性たちが、二人を見ると頭を下げ、物珍しげに治郎を見つめた。

やはり滝沢家は、里で名主のような存在なのかも知れない。

「お年寄りはいないの？」

「お母さんが最年長。あとは独身の女たちばかり」

訊くと、あかりが答えた。

「香澄先生とはいつ会える？」

「明日の夜が祭だから、それが済めば普通に会える。何しろ香澄さんは生き神様だから、神聖な祭までは誰にも会えない」

「い、生き神様……」

どうやら、この里で香澄は名主より上らしい。

やがて二人は神社に行った。石塔には深山大社と書かれ、鳥居をくぐって本殿にお詣りをした。

着流しだからお賽銭もないが、あかりと一緒に二礼二拍手一礼をした。

そして戻ろうとすると、社務所の前に一人の巫女が立っていた。

年齢不詳だが長い黒髪を束ね、肌は透けるように白く、切れ長の目をした狐顔の、凄味のある美女である。同じ迫力でも、かがりの貫禄とはまた違う、神秘的なオーラが感じられた。

もっともあかりが、四十前後のかがりを最年長と言ったので、この巫女は三十代なのだろう。

「お久しぶりです。ただいま帰りました」

あかりが言って頭を下げた。

「お帰り、そちらは」

巫女が言って治郎を見る。

「あ、小野治郎です。香澄先生の生徒です」

「私は当社をお守りしている摩利香。ではごゆっくり」

摩利香は言い、静かに社務所に入っていった。

治郎は緊張を解き、さらにあかりと境内を見て回った。

するとお堂があり、格子の隙間から中を覗くと、

「うわ……」

治郎は目を見張って声を洩らした。

中の棚には、ずらりと木製のペニスが並べられているではないか。

「こ、これは……」

「摩利香さんが作った道具。娘が十五歳になると渡され、男を知って要らなくなると、それまで使ったものを奉納するの」

あかりが言い、あらためて彼は中を見回した。

では、先端の黒ずみは破瓜の血なのだろうか。全ての幹に名が記され、恭しく安置されて、実に壮観だった。

そしてあかりは扉を開け、懐中から自分の張り型を取り出した。

すでに幹には彼女の名が書かれ、あかりはそれを隅の棚に置くと、軽く一礼してお堂を出てきたのだった。

2

「この里に、男はいないの？」

神社を出ると、歩きながら治郎はあかりに訊いた。

「いない。里は完全な女系で、男は外から呼ぶだけ。あなたのように」

あかりが乾いた黒髪をなびかせて言う。

「で、では僕は……」

「そう、香澄さんに選ばれたのよ。だから私は、連絡を受けて待っていたの」

「では、あの喫茶店で会ったのは偶然じゃなく……」

「ええ、ここまで一人で来られる人はいないから」

「僕は、いつまでこの里に……？」

「里の女全員が満足したら帰れるわ。また私が送っていく」

どうせ一人では逃げられないのだからと、あかりも正直に打ち明けてくれた。

「ぜ、全員って……」

「安心して、十数人しかいないから」

「じゅ、十数人……」

「香澄さんが認めたのだから、難なく出来るわ」

あかりが言う。

してみると香澄は、何年か男子学生を観察し続け、淫気の強いものを選んだのだろうか。

だとしたら香澄の見る目は正しいだろう。何しろ話しているだけで、治郎自身はムクムクと雄々しく勃起してきたのだ。

「そして何人かが孕んで、また子が出来て里が栄える」

「ま、毎年男を呼ぶの？」

「祭も男を呼ぶのも五年に一度。残念ながら五年前には誰も孕まなかったの」

生き神である香澄は、大学を出て五年間都内で暮らし、それで期限が来て里へ帰ったのだろう。

祭が済めば、香澄がまた次の生き神を選ぶらしい。

里は田畑ばかりでなく、豚や鶏も飼われ、女たちが手分けして甲斐甲斐しく世話をしていた。

やがて家に戻ると、裏では小夜子が風呂焚きをしていて、入るとかがりも戻っていて、浴衣姿で夕食の仕度をしていた。

部屋で休憩し、治郎は期待と興奮に胸を高鳴らせた。

全員が張り型を使っているなら、処女でも挿入の痛みより、誰もが快感を得られることだろう。

そして夕食になると呼ばれ、治郎は美しい母娘と食事をした。

料理はごく普通で、白米に味噌汁、野菜炒めに揚げ物だった。

夜は火の灯ったランプが各部屋に吊され、薄暗いが特に不自由は感じられなかった。それに日が落ちれば寝るだけなので、ランプも長いこと灯しているわけではないらしい。

治郎は夕食後に風呂に入った。

一応客扱いなので一番風呂である。もう小夜子が洗濯してしまったか、脱衣所の桶は空だった。

彼は歯磨きしながら湯に浸かり、上がり湯で口をすすいで風呂から上がった。

全裸に浴衣だけ羽織り、厠に入ったが、使用した紙の木箱も空だった。

小用だけだが狙いが外れるといけないのでしゃがんで用を足し、美女たちが排泄した匂いを感じながら厠を出た。

部屋に戻るとランプが灯り、布団が敷かれていた。あかりや小夜子たちは順々に入浴しているようだ。

スマホも使えないしテレビもないので、もう横になるしかなかった。

里での、初めての夜である。彼は昨夜の、小屋であかりとした夢のような体験を思い出し、ムクムクと勃起してきた。

オナニー衝動に駆られたが、もしかしてあかりが来てくれるかも知れない。

そう思ったとき静かに襖(ふすま)が開き、何と浴衣姿のかがりが入ってきたのだ。

「あ……」

「起きなくていいわ、そのまま」

かがりが言い、帯を解いてしゃがみ込むと、サラリと浴衣を脱いだ。

何と、弾むような巨乳ではないか。やはり今朝は晒しを巻いていたようだ。

あかりのような筋肉は窺えず、色白の熟れ肌は意外に豊満で、実に艶めかしかった。

しかし一糸まとわぬ姿になっても、実に貫禄があった。里の最年長ということは、忍者の頭目なのだろう。

緊張しながら身を強ばらせていると、かがりは治郎の帯も解いてシュルッと抜き取り、浴衣の前を開いた。

すでに彼自身は、はち切れんばかりに勃起していた。

「こんなに勃って。良かったわ。私も味見に来たのだから」

かがりは切れ長の目で熱い視線を注ぎ、やんわりと幹を包み込んできた。

「ああ……」

柔らかな手のひらでニギニギと愛撫され、治郎は快感に喘いだ。

さらに彼女は顔を迫らせ、先端にチロチロと舌を這わせてから、スッポリと喉の奥まで呑み込んでくれた。

治郎は息を弾ませ、うっとりと力を抜いた。

長い黒髪が股間を覆い、内部に熱い息が籠もった。

髪は乾いているので、まだ入浴前らしい。そういえば室内には、いつの間にか生ぬるく甘ったるい女の匂いが立ち籠めていた。

忍者が全身の匂いを消すのは、里の外へ出るときだけなのだろうか。

（それとも、もしかして……）

かがりは、彼が女体の匂いを好むことを見抜いているのではないか。気配を消す忍者なのだから、治郎が脱衣所であかりの下着を嗅いだところを見ていたのかも知れない。さらには、小屋での出来事まで……。

そう思うと治郎は羞恥（しゅうち）に身悶え、かがりの口の中で生温かな唾液にまみれた幹をヒクヒク震わせた。

やがてスポスポと摩擦していたかがりは、治郎が危うくなる前にスポンと口を離し、股間を這い出して添い寝してきた。

「さあ、好きにしていいわ」

かがりが仰向けの受け身体勢になって言うので、彼も身を起こして熟れ肌を見下ろした。

巨乳なのに張りがあるせいか、左右に垂れることなく形良いまま熱く息づいていた。腕も脚も、それほど逞しく見えないのに、彼女は治郎を抱いて難なく崖を駆け下りたのである。

彼は足に屈み込み、滑らかな足裏を舐め回した。

特にかがりも驚いた様子はないので、治郎が何をするかぐらい察しているのかも知れない。

さすがに足指は太くしっかりして、鼻を割り込ませて嗅ぐとそこは汗と脂にジットリ湿り、生ぬるく蒸れた匂いが濃く沁み付いていた。

美熟女の足指を貪るように嗅いでから、爪先にしゃぶり付いて舌を挿し入れて味わった。

かがりはピクリとも反応せず、彼の愛撫をじっと観察しているようだ。

治郎はもう片方の足もしゃぶり、全ての指の股の味と匂いを貪り尽くしてしまった。

そして股を開かせ、滑らかな脚の内側を舐め上げていった。脛にはまばらな体毛があり、野趣溢れる魅力に映った。きっと昭和以前は、皆このようだったのだろう。

ムッチリと張り詰めた内腿をたどって股間に迫ると、冷静そうに見えても割れ目はネットリと潤い、熱気と湿り気が籠もっていた。

ふっくらした丘には黒々と艶のある茂みが密集し、肉づきが良く丸みを帯びた割れ目からは、縦長のハート型をした陰唇がはみ出している。

指で広げると、中はヌメヌメと愛液に濡れた綺麗なピンクの柔肉、かつてあかりを生んだ膣口が妖しく息づき、包皮を押し上げるようにツンと突き立ったクリトリスは、何と親指の先ほどもある大きなものだった。

まるで幼児のペニスのようで、彼は思わず吸い付いていった。

柔らかな茂みに鼻を擦りつけて嗅ぐと、蒸れた汗とオシッコの匂いが熱く籠もり、悩ましく鼻腔を刺激してきた。

胸を満たしながら濡れた膣口を探ると、淡い酸味のヌメリが舌の動きを滑らかにさせ、充分に味わってから再びクリトリスを舐め回すと、

「ああ……、いい気持ち……」

初めてかがりが喘ぎ声を洩らし、内腿でキュッと彼の顔を挟み付けてきた。

治郎は執拗(しつよう)に舌を蠢かせ、味と匂いに噎せ返りながら、やがて彼女の両脚を浮かせていった。

突き出された豊満な尻の谷間を広げると、艶やかな薄桃色の蕾が閉じられ、上下左右に小さな乳頭状の突起がぷっくりと突き出ていた。

鼻を埋めて嗅ぐと、蒸れた汗の匂いに混じり、うっすらと生々しい匂いも感じられ、彼はゾクゾク興奮しながら貪った。

舌を這わせて濡らし、ヌルッと潜り込ませると滑らかな粘膜に触れ、

「く……」

かがりが小さく呻き、肛門でキュッと舌先を締め付けてきた。

3

「いいわ、入れて……」

やがて治郎が前も後ろも舐め尽くすと、かがりが脚を下ろして言った。

彼も身を起こして股間を進め、幹に指を添えて先端を擦り付けた。

もう迷うことなく膣口に押し当てていくと、何と挿入するまでもなく、いきな

りチュッとペニスが根元まで吸い込まれたのだ。

まるで上下の内部にキャタピラーでもあるかのように、滑らかに嵌まり込んでいったのである。

「うわ、すごい……」

あまりの快感に彼は口走り、熱く濡れた感触と潤いに包まれて幹を震わせた。

しかも内部がキュッキュッと味わうように上下に締まり、名器とはこういうものかと治郎は感嘆した。

入れるときは強く吸い込まれたのに、股間を密着させると締め付けとヌメリで押し出されそうになるのを、彼はグッと堪えて押し付けた。

まだ動かずに身を重ね、屈み込んで巨乳に顔を埋め込んだ。

チュッと乳首に吸い付いて舌で転がし、顔中を豊かな膨らみに押し付けると心地よい弾力が感じられた。

「アア……」

かがりも熱く喘ぎ、膣内を収縮させながら両手で抱き留めてくれた。

もう片方の乳首も味わい、彼は腋の下に鼻を埋め込んでいった。

するとそこには色っぽい腋毛が煙り、汗に湿って生ぬるく甘ったるい匂いが籠もっていた。

美熟女の体臭でうっとりと胸を満たし、さらに首筋を舐め上げて唇を重ねていくと、かがりもヌルッと長い舌を潜り込ませてくれた。

生温かな唾液に濡れて滑らかに蠢く舌を味わい、さらに彼は彼女の口に鼻を押し込んで熱い息を嗅いだ。鼻腔を湿らせる吐息は白粉のように甘い刺激を含み、濃厚に胸に沁み込んできた。

「ああ、いい匂い……」

治郎は酔いしれて喘ぎ、もう我慢できずズンズンと腰を突き動かしはじめた。

するとかがりも僅かに股間を突き上げて動きを合わせたが、彼が果てる前に動きを止めた。

「お尻に入れてみて」

言われて、治郎も驚いて動きを止めた。

「大丈夫かな……」

「ええ、前も後ろも感じたいので」

かがりが言い、治郎も身を起こしてヌルッとペニスを引き抜いた。

どうやら全部の穴で若い男を感じたいらしい。

彼女は両脚を浮かせて抱え、白く豊満な尻を突き出してきた。

見ると割れ目から伝い流れる愛液で、ピンクの蕾もヌメヌメと潤っていた。

治郎は先端を押し付け、呼吸を計りながらゆっくり押し込んでいった。膣と違い、ここはいきなり吸い込まれることもなかった。

かがりも口で呼吸し、括約筋を緩めてくれているので、彼自身はズブズブと滑らかに根元まで潜り込んでいった。

やはり膣とは感触が違い、思ったほどのベタつきもなくむしろ滑らかで、入り口はきついが奥は割りに楽だった。

「ああ……、いいわ、強く突いて、奥まで……」

かがりが喘いで言い、治郎もぎこちなく腰を遣いはじめると、すぐにも滑らかな動きになっていった。

彼女は自ら巨乳を揉みしだいて乳首をつまみ、大きなクリトリスも激しく指の腹で擦りはじめた。高まって膣内が収縮すると、連動するように肛門内部もきつく締まり、たちまち治郎は絶頂を迎えてしまった。

「あう、いく……!」

快感に口走り、熱いザーメンをドクンドクンと勢いよく注入すると、

「アア……、いい……！」

かがりも顔を仰け反らせて声を上げ、ガクガクと狂おしいオルガスムスの痙攣を開始したのだった。前でも後ろでも感じるのか、あるいはクリトリスの刺激で果てたのかも知れない。

治郎は快感を嚙み締め、心置きなく最後の一滴まで出し尽くしていった。

満足しながら動きを弱めていくと、

「ああ、良かったわ……」

かがりも肌の強ばりを解いて言い、力を抜いて身を投げ出した。

するとザーメンの潤いと締め付けで、ペニスは自然に押し出され、ツルッと抜け落ちた。

まるで美女に排泄されるような興奮を覚え、見ると丸く開いて粘膜を覗かせた肛門が、見る見るつぼまっていった。ペニスに汚れはないが、余韻を味わう暇もなくかがりが身を起こした。

「さあ、すぐ洗うのよ。お風呂に」

彼女が浴衣を持って立ち上がったので、治郎も同じようにした。

かがりは手燭を持って先を行き、彼も暗い廊下を進んだ。もうあかりと小夜子は休んでいるのだろう。

　脱衣所に浴衣を置き、風呂場に入ると彼女は手燭を棚に置いて治郎を木の椅子に座らせ、股間に湯を浴びせた。

　そして石鹸で手早く洗ってくれ、

「おしっこもしなさい」

　言われて、治郎は回復しそうになるのを堪えながら、懸命にチョロチョロと放尿して尿道も洗い流した。

　かがりは湯を掛け、最後に消毒するように屈み込み、チロッと尿道口を舐めてくれると、たちまち彼はムクムクと勃起し、元の硬さと大きさを取り戻してしまった。

「ね、かがりさんもオシッコして。出るところ見たい」

　言うと彼女もためらいなく座っている治郎の前に立ち上がり、片方の足を浮かせて風呂桶のふちに乗せ、開いた股間を突き出してくれた。

　股間に顔を埋めると、かがりはまだ洗っていないので悩ましい匂いが残り、その刺激に回復したペニスがヒクヒクと上下した。

　舌を挿し入れると、すぐにも中の柔肉が迫り出すように盛り上がり、温もりと味わいが変化した。

「出るわ……」

彼女が言うなり、チョロチョロと熱い流れがほとばしってきた。

舌に受けて味わうと、味も匂いも淡く上品なもので、抵抗なく喉に流し込むことが出来た。

「アア……」

かがりが、ゆるゆると放尿しながら喘いだ。片方の足を浮かせていても、さすがによろけるようなことはない。

勢いが増すと口から溢れた分が温かく胸から腹に伝い、勃起しているペニスが心地よく浸された。

それでもピークを過ぎると勢いが衰え、やがて流れが治まった。

治郎は残り香の中で舌を這わせて余りの雫をすすり、柔肉を掻き回した。すると新たな愛液が湧き出し、残尿が洗い流されて淡い酸味のヌメリで舌の動きがヌラヌラと滑らかになった。

やがてかがりは足を下ろすと、そのまま彼を簀の子に仰向けにさせた。

湯を浴びせてから屈み込み、張り詰めた亀頭をしゃぶり、たっぷりと唾液にまみれさせた。

「入れるわ……」

彼女は言って前進し、治郎の股間に跨がると、一気に腰を沈めてヌルヌルッと受け入れていった。

「ああ、いい気持ち……」

かがりは股間を密着させて座り込み、脚をM字にしたままスクワットするように腰を上下させた。彼が仰向けなので、もう締め付けと潤いで抜けるような心配もない。

しかも彼女は、さっきは膣内で果てていないので、収縮も貪欲なほどきつく、愛液の量も多くて互いの股間が熱くビショビショになった。

やがてかがりも身を重ねてきたので、治郎は下から両手でしがみつき、両膝を立てて豊かに躍動する尻を支えた。

胸に巨乳が密着して弾み、かがりが股間をしゃくり上げるように動かすたび、恥毛が心地よく擦れ合い、奥にある恥骨の膨らみもコリコリと艶めかしく伝わってきた。

治郎もズンズンと股間を突き上げ、次第にリズミカルに動きを合わせた。

溢れる愛液が陰嚢から肛門まで生温かく濡らし、クチュクチュと湿った摩擦音が風呂場に響いた。

動きながらかがりが唇を重ね、舌をからめてきたので、治郎も熱い息で鼻腔を湿らせながら、生温かな唾液をすすった。

すると彼が好むのを察したように、かがりはことさら多めにトロトロと唾液を注いでくれた。

治郎はうっとりと喉を潤し、美熟女の熱い白粉臭の吐息を嗅ぎながら、摩擦快感に昇り詰めてしまったのだった。

4

「い、いく……、ああっ……！」

治郎は絶頂の快感に喘ぎ、熱いザーメンをドクンドクンと勢いよくほとばしらせた。するとかがりもガクガクと痙攣を起こし、

「き、気持ちいい……！」

声を上ずらせながらオルガスムスに達した。

奥に熱い噴出を感じて昇り詰めたのではなく、きっとかがりぐらいになると、

相手に合わせて絶頂を得ることぐらい造作もないのかも知れない。

治郎は艶めかしい収縮に巻き込まれながら快感を嚙み締め、最後の一滴まで出し尽くしていった。

「ああ……」

名器の中で果て、彼は満足しながら声を洩らして突き上げを止めた。

かがりも熟れ肌の硬直を解き、力を抜いてもたれかかってきたが、まだ膣内は名残惜しげな収縮を繰り返し、刺激された幹がヒクヒクと内部で過敏に跳ね上がった。

そして治郎は美熟女の重みと温もりを受け止め、甘い白粉臭の吐息を間近に嗅ぎながら、うっとりと余韻に浸り込んだのだった。

互いに熱い息遣いを整えると、かがりが股間を引き離して身を起こした。そして彼の股間に湯を浴びせ、

「じゃ私はゆっくり浸かるから、先にお部屋へ戻りなさい」

言われて治郎も起き上がった。

身体を拭いて浴衣を羽織り、帯を締めて脱衣所を出ると、手燭を忘れたことに気づいた。しかし一つきりの手燭を持って来てしまっては、かがりの分がないだ

ろう。

場所は分かっているから大丈夫だろうと、彼は壁に手を突いて暗い廊下をそろそろと進んだ。縁側の雨戸も閉められているので真っ暗で、進むうち次第に自分の部屋が分からなくなってしまった。

すると、そのとき向こうから灯りが近づいてきた。

それを目当てに進むと、それはあかりだった。

「来て」

浴衣姿の彼女は言い、治郎の手を引いて案内してくれた。

やがて入ったのは、あかりの部屋であった。

何とそこは洋間で、学習机にベッドと本棚が置かれている。

電灯のない部屋で洋間というのも奇妙なものだったが、室内には思春期の甘ったるい匂いが立ち籠めていた。

「お母さんとしたのね。まだ出来る？」

あかりが言い、治郎は答える代わりに股間が突っ張ってきた。

あるいはかがりの体液は、媚薬（びやく）のような成分と効果があるのではないかと思えるほど、何度でも出来そうな気がした。

股間のテントを見ると、あかりは満足げに笑みを含んで帯を解いてしまった。母親と交わったことも気にする様子はなく、たちまち彼女は浴衣を脱いで全裸になった。

もちろん治郎も全て脱ぎ去り、彼女の匂いの沁み付いたベッドに横たわった。

あかりもすぐに添い寝して体をくっつけ、唇を重ねてきた。

柔らかなグミ感覚の唇が密着し、治郎が舌を挿し入れて滑らかな歯並びを舐めると、すぐ彼女もチロチロと舌をからめてくれた。

僅かな時間を挟んで、美しい母娘の両方を味わえるなど、何という贅沢(ぜいたく)な悦びであろうか。

治郎は美少女の清らかな唾液と、滑らかに蠢く舌を味わいながら乳房に触れ、指で乳首を弄(もてあそ)んだ。

「アア……、いい気持ち……」

あかりが唇を離し、熱く喘いだ。開いた口に鼻を押し込んで嗅ぐと、微かな歯磨き粉のハッカ臭に、彼女本来の甘酸っぱい果実臭が淡く感じられた。

「匂いが薄い」

「濃い方がいいの？」

「うん……」

彼は答え、それでも貪るように美少女の吐息を嗅ぎ、張りのある膨らみを揉みしだいた。

するとあかりが上になって、自分から彼の口に乳首を押し付けてきた。

彼も含んで舐め回し、舌で転がしながら割れ目を探った。すでにそこはヌラヌラと熱く潤い、指が滑らかに動いた。

しかし残念ながら胸元や腋からも、漂うのは湯上がりの匂いばかりである。

両の乳首を味わってから言うと、あかりもためらいなく身を起こして進み、彼
「舐めたい。跨いで」

の顔に跨がって、和式トイレのようにしゃがみ込んでくれた。

脚がM字になると脹ら脛と内腿がムッチリと張り詰め、ぷっくりした股間の丘が鼻先に迫った。

下から腰を抱き寄せ、茂みに鼻を埋めて嗅ぐと、やはり少し蒸れた湯上がりの匂いが感じられた。

舌を這わせると、クリトリスを舐めるたび新たな愛液が泉のように漏れて飲み込めるほどだった。治郎は美少女の蜜で喉を潤し、処女を喪ったばかりの膣口を

舌で掻き回した。

「アア……、いい気持ち……」

あかりが喘ぎ、ヒクヒクと白い下腹を波打たせた。

「オシッコ出る？」

「少しだけなら……」

下から言うとあかりが答え、息を詰めて尿意を高めてくれた。幸い少しなら、溢れて枕を濡らすこともないだろう。

やがて柔肉が蠢き、味わいの違う流れがチョロッと漏れてきた。

「あう……」

あかりが呻き、かなり勢いをセーブしてくれながら少しだけ放尿すると、間もなく流れが治まった。治郎も、仰向けだから噎せないよう気をつけて飲み込み、かがりよりもやや濃い匂いに陶然となった。

雫をすすり、新たな愛液の溢れた割れ目内部を舐めてから、彼は尻の真下に潜り込んで谷間の蕾を舐め回した。

ヌルッと浅く潜り込ませて滑らかな粘膜まで味わうと、あかりが自分から腰を浮かせて移動した。

彼を大股開きにさせて腹這い、両脚を浮かせると尻の谷間を舐めてくれた。

「あう……」

舌が潜り込むと、治郎は快感に呻き、モグモグと美少女の舌を味わうように肛門を締め付けた。中で舌が蠢くと、内側から刺激された幹がヒクヒクと上下に震えた。

あかりは熱い鼻息で陰嚢をくすぐりながら舌を蠢かせ、湿り気を帯びた髪が内腿を刺激した。ようやく脚が下ろされると、彼女は陰嚢を舐め回し、やがて肉棒の裏側をゆっくり舐め上げてきた。

滑らかな舌が先端まで来ると、あかりは粘液が滲んだ尿道口をチロチロと舐め回し、ついさっき母親と交わったペニスをスッポリと含んでくれた。

根元まで呑み込んで吸い付き、念入りに舌をからめて唾液にまみれさせた。

治郎が快感に幹を震わせると、すぐに彼女はチュパッと口を離して身を起こし前進して跨がってきた。

やはり愛撫の遣り取りより、挿入がしたいのだろう。

それだけ長く、張り型の挿入に慣れているのである。

腰を沈め、ヌルヌルッと一気に根元まで受け入れると、

「アアッ……、いい気持ち、奥まで届くわ……」

あかりが顔を仰け反らせて喘ぎ、ピッタリと股間を密着させて座り込んだ。

治郎も温もりと締め付けを味わい、中で幹をヒクヒクと震わせた。

両手を伸ばして抱き寄せると、あかりも身を重ね、彼の肩に腕を回しながら唇を重ねてきた。

そしてチロチロと舌をからめ、まるでかがりとの風呂場の行為を覗き見ていたかのように、トロトロと大量の唾液を注いでくれたのである。

治郎は美少女の生温かな唾液でうっとりと喉を潤し、ズンズンと股間を突き上げはじめていった。

「ああ、いいわ……」

口を離して声を洩らし、喘ぎ続けていたせいか口中が乾き気味になり、ハッカ臭が消えて果実臭が濃くなっていた。

嗅ぎながら動きを強めていくと、彼女も合わせて腰を遣い、ピチャクチャと湿った摩擦音が響いてきた。

「い、いっちゃう……、アアーッ……！」

たちまち、あかりが声を上ずらせてガクガクとオルガスムスの痙攣を開始していった。もう噴出を感じなくても、先に昇り詰めてしまったようだ。

治郎も、その収縮に巻き込まれるように、続いて絶頂に達し、

「く……」

大きな快感に呻きながら、ありったけの熱いザーメンをドクンドクンと勢いよくほとばしらせた。立て続けでも、快感とザーメンの量は一向に減った様子もなかった。

「あう、いい……」

噴出で駄目押しの快感を得たようにあかりが呻き、締め付けを強めた。

彼も快感を嚙み締めながら、心置きなく最後の一滴まで出し尽くしていった。

すっかり満足しながら徐々に突き上げを弱めていくと、

「ああ……、良かった……」

あかりも声を洩らして硬直を解き、グッタリと力を抜いて彼に体重を預けてきた。治郎は息づく内部でヒクヒクと過敏に幹を震わせ、果実臭の吐息を嗅ぎながら、うっとりと余韻を味わったのだった。

5

「今夜はお祭りだから、治郎さんも手伝いに神社へ行って」

朝食のあと、あかりが治郎に言った。

一夜明けると、美しい母娘の両方と肌を重ねたなど夢の中の出来事のようだった。もちろん、かがりもあかりも何事もなかったような顔をしている。

浴衣のままで良いというので、彼も下駄を突っかけて家を出た。母娘や小夜子たちは、家で夜のための料理を手分けして作るようだ。

神社の境内からは、蟬時雨とともに雅楽（ががく）の音色が聞こえてきた。女性たちが夜の祭のため、最後の稽古をしているのだろう。

鳥居をくぐると、演奏している美女たちがチラと彼を見て会釈した。

治郎も挨拶し、何を手伝うのかと境内を見回すと、社務所の戸が開いて巫女姿の摩利香が頷きかけてきた。

頭を下げて近づくと、彼は中に招き入れられた。

奥へ案内されると、そこは摩利香の住居になっているようだ。

一室に入ると、隅に布団が畳んで積まれ、あとは多くの書物が本棚に並べられているだけである。

背表紙を見ると、神道関係や神秘学、彼が香澄から学んでいる民俗学の本なども揃っていた。摩利香も大学を出て、しばし社会勉強をしてから里に戻ってきたのだろう。

そして室内には、摩利香の体臭なのか、濃厚に甘ったるい匂いが悩ましく立ち籠めていた。

「今宵、当社の祭がある」

摩利香が座って言い、彼も向かいに腰を下ろした。

「はい、伺ってます。今夜、香澄先生に会えるのですね」

「会える」

「彼女は今どこに？」

「本殿の裏のお堂に籠もっている。三日間、ひたすら里の繁栄を祈って」

摩利香が重々しく答えた。

「そう、今日が三日目ですか。食事は？」

「私が日に二度運んでいる」

「お堂にお風呂やトイレは？」

「風呂はない。厠は床板を外せば下に小川が流れている」

まさに川屋だ。自然の水洗だが、もちろん紙までは流さないだろうから、きっと室内にも全身にも、香澄の濃い匂いが沁み付いているだろう。

それを思うと、何やら恐そうな摩利香の前だが、治郎の股間が妖しく疼いてきてしまった。

「それで、手伝いに行けと言われて来たのですが、僕は何をすれば」

「祭に関して説明するので、それを聞いてくれれば良い」

「分かりました。そういう話は好きですので」

「好きなだけではなく、参加してもらわねば困る。生き神への生け贄として」

「い、生け贄……」

言われて、治郎はドキリと胸を高鳴らせ、急に不安になってきた。

すると、彼の思いを察したように摩利香が微かな笑みを洩らした。そんな彼女の表情を見るのは初めてである。

「命までは取らぬ。朝まで生き神と過ごし、交わるだけだ」

摩利香が無表情に戻って言い、また治郎は胸の中で大太鼓を鳴らした。

では、恋い焦がれた香澄と再会できるだけでなく、誰憚ることなくセックスが出来るようだ。

それは当然ながら、香澄も承知していることだろう。

治郎は、香澄が自分を選んでくれたことに感謝し、大きな歓喜に包まれた。

「で、でも、どうして香澄先生は僕を選んでくれたのだろう……」

「生き神には特殊な力があり、相手の淫気や精力の強さを測る能力がある。むろんそれ以上に好みだったことが大きい」

また治郎は悦びに身悶えた。

熱い思いを向け続けてきたのは無駄ではなく、香澄も治郎を好いていてくれたのである。

本当に、諦めて他の女性に思いを向けなくて良かったと彼は思った。

「では、朝まで一緒にいられるのですね」

「しかし、それで終わりではない。明日からは里の女たちとも交わってもらう。一人でも多く孕むように」

摩利香が言う。どうやら治郎は、ここに滞在する間は全員の共有物になるということらしい。

そして口内発射も好きだが、一回でも多く女性たちの膣内に射精しなければならないようだ。

治郎は嬉しいような恐いような、複雑な思いが湧いた。

「全員と最低一回でもすれば、僕は里を出られるのですね」

「左様、ここでのことは胸に秘めたまま、というのが条件だが」

「もちろんです。誰にも言いませんし、案内なしでは誰もここへ来られないでしょうから」

治郎が答えると、摩利香も頷いた。

「では、祭の前に私としてもらう」

「え……」

ここへ来て、驚くのは何度目だろう。

もっとも里の全員と、というからには摩利香自身も含まれているのだ。

彼女が立ち上がり、布団を敷き延べた。

そしてためらいなく朱色の袴の紐を解きはじめ、

「ちなみに私は、生き神と同じ条件で三日間過ごしてきた。私を抱けねば、生き神様とも交わるのは難しいだろう」

じっと彼を見つめて言った。

どうやら摩利香も、この三日間入浴もせず、香澄と同じ暮らしをしてきたようである。

要するに、香澄は相当に匂いも濃くなっているから、まず慣れるため摩利香で稽古をしろということらしい。

それで、この部屋に入ったときから濃い匂いが感じられていたのだろう。

「さあ」

促され、治郎も立ち上がって帯を解いた。

そして浴衣を脱ぎ去ると、下には何も着けておらず、すでにピンピンに勃起したペニスが摩利香に銃口を向けていた。

「さすがに、選ばれただけのことは……」

摩利香が彼の股間にチラと視線を注いで言い、袴を下ろして純白の着物を脱ぎ去っていった。香澄が、女体の濃いナマの匂いを好む彼の性癖まで見透かしていたとは、何とも複雑な心境だった。

とにかく治郎は全裸になり、摩利香の濃厚な体臭の沁み付いた布団に仰向けになると、たちまち摩利香も一糸まとわぬ姿になって迫ってきた。

束ねていた長い髪もサラリと解くと、色白の肌と黒髪のコントラストが鮮やかだった。

摩利香は形良い乳房とくびれたウエスト、スラリとした長い脚をして、実に見事なプロポーションであった。

「ま、摩利香さんも体術で鍛えられていたんですか……」

「里のものはみな同じ」

聞くと彼女が答え、治郎は感嘆した。では、あの華奢な小夜子も、同じように多くの術とバネを秘めているのだろう。

やがて摩利香が治郎の顔の横にスックと立ち、いきなり片方の足を浮かせ、足裏を彼の顔に乗せてきたのである。

「う……」

驚きに呻いたが、もちろん嫌ではない。摩利香も、勃起したペニスや彼の反応を見下ろし、どんな行為も嫌がらないかどうか試しているようだった。

治郎は舌を這わせ、形良く揃った足指の間に鼻を埋め込んで嗅いだ。

指の股は生ぬるい汗と脂にジットリと湿り、今までで一番濃厚に蒸れた匂いを沁み付かせていた。

治郎は濃い匂いを貪って胸を満たし、爪先にしゃぶり付いていった。

もちろん摩利香も、片方の足を浮かせていてもフラつくことはなく、微動だにせず安定している。

やがて治郎が全ての指の間に舌を割り込ませて味わい、味と匂いを貪り尽くすと、摩利香が満足げに足を交代してきた。

治郎は、そちらも濃厚な味と匂いを吸収すると、ようやく摩利香が足を離し、彼の顔に跨がるとためらいなくしゃがみ込んできたのだった。

第三章　神秘の巫女の匂い

1

（うわ、なんて興奮する……）

治郎は、摩利香にしゃがみ込まれ、鼻先に迫る割れ目に目を凝らした。

長い脚がM字になると内腿がムッチリと張り詰め、匂いを含んだ熱気が顔中に吹き付けてくるようだ。

恥毛は楚々とし、割れ目からは僅かに花びらがはみ出しているだけ。それでも熱く濡れはじめているのが分かり、小豆大のクリトリスも僅かに間から顔を覗かせていた。

腰を抱き寄せ、柔らかな茂みに鼻を埋め込んで嗅ぐと、今までで一番濃厚に蒸れた汗とオシッコの匂いが鼻腔を掻き回してきた。

「ああ、いい匂い……」

胸を満たしながら言うと、摩利香がピクリと微かに反応した。

舌を挿し入れると、うっすらとした酸味と塩気のヌメリが感じられ、彼は息づく膣口の襞をクチュクチュ掻き回しながら、ゆっくりクリトリスまで舐め上げていった。

「アア……」

摩利香が熱く喘ぎ、キュッと座り込みそうになりながら、彼の顔の両側で足を踏ん張った。

匂いに酔いしれながらクリトリスをチロチロと舐め回し、チュッと吸い付くと愛液の量が格段に増し、彼の顎にまでトロトロと滴ってきた。

舌を潜り込ませてヌメリをすすると、さらに彼は白く形良い尻の真下にも潜り込んでいった。

谷間に閉じられた蕾はレモンの先のように僅かに突き出て、実に艶めかしい形をしていた。治郎は抱き寄せて、顔中に丸い双丘の弾力を受け止め、谷間の蕾に鼻を埋め込んで嗅いだ。

蒸れた汗の匂いが、ほのかなビネガー臭を混じらせて鼻腔を刺激してきた。

生々しい匂いも、妖しい摩利香の美貌とのギャップ萌えになり、ますます彼自身ははち切れそうに膨張した。

充分に嗅いでから舌を這わせ、蕾を濡らしてヌルッと潜り込ませると、滑らかな粘膜は淡く甘苦い味が感じられた。

「く……」

摩利香が呻き、キュッキュッときつく肛門で舌先を締め付けてきた。

彼は中で舌を蠢かせてから、再び愛液が大洪水になっている割れ目に戻り、ヌメリをすすってクリトリスに吸い付いた。

「アア……、もう良い……」

摩利香が言ってビクリと股間を浮かせ、彼の上を移動していった。

そして屹立した先端に屈み込むと、ひんやりした黒髪がサラリと彼の股間を覆った。

彼女は幹に指を添え、粘液の滲む尿道口をチロチロと舐め回し、張り詰めた亀頭をしゃぶって、そのままスッポリと喉の奥まで呑み込んでいった。

「ああ……、気持ちいい……」

治郎は、温かく濡れた巫女の口腔で幹を震わせて喘いだ。

摩利香も深々と含むと、幹を丸く締め付けて吸い、熱い息を股間に籠もらせながら、口の中でクチュクチュと舌をからめてくれた。

たちまち彼自身は生温かく清らかな唾液にまみれ、ジワジワと絶頂を迫らせていった。

彼女は、唾液で濡らしただけでスポンと口を離し、すぐにも挿入したいように身を起こして前進した。治郎の股間に跨がると先端に割れ目を擦り付け、やがてゆっくり腰を沈めて膣口に受け入れていった。

「アアッ……！」

ヌルヌルッと根元まで嵌め込むと、摩利香は顔を仰け反らせ、黒髪を乱して喘いだ。治郎も、肉襞の摩擦と締め付けに包まれながら、股間で重みと尻の丸みを受け止めた。

締め付けは実にきつく、内壁の蠢きだけで高まってきた。

すると彼女は、脚をM字にさせてしゃがみ込んだまま、屈み込んで彼の顔の左右に両手を突いたのだ。

まるで巨大な蜘蛛に囚われたようだ。そして摩利香は、もう逃がさないとでもいうふうに、彼の肩に腕を回し、しっかりと抑え込んできた。

まだ腰は動かさず、摩利香がそのまま胸を突き出してきたので、治郎も潜り込むようにしてピンクの乳首にチュッと吸い付いた。

かがりほどの巨乳ではないが実に豊かで形良く、白い膨らみは張りと弾力に満ちていた。

舌で転がすと、快感が乳首から股間に伝わるように収縮と潤いが増し、生ぬるく濃厚に甘ったるい匂いが漂った。

彼も左右の乳首を交互に含んで舐め回し、顔中で膨らみを味わいながら美女の体臭に酔いしれた。

さらに腋の下にも鼻を埋め込んでいくと、淡い和毛が湿り、濃く甘ったるい汗の匂いが馥郁と籠もっていた。治郎は女臭に噎せ返りながら胸を満たし、締まる膣内でヒクヒクと幹を上下させた。

やがて摩利香が上からピッタリと唇を重ね、ヌルリと長い舌を挿し入れて彼の口の中を舐め回した。

治郎も舌をからめ、滑らかに蠢く舌と温かな唾液を味わった。

摩利香の鼻から洩れる息が熱く彼の鼻腔を湿らせ、シナモンとオニオンに似た濃い匂いが胸に沁み込んでいった。

執拗に舌をからめていると、下向きの彼女の口からトロトロと唾液が注がれ、治郎はうっとりと味わい、喉を潤しながら無意識にズンズンと股間を突き上げはじめていった。

「アア……、いい気持ち……」

唾液の糸を引いて摩利香が口を離し、熱く喘いだ。口から吐き出される息は、さらに濃厚なシナモン臭の刺激を含んで彼の鼻腔を悩ましく掻き回した。

彼女も徐々に腰を遣いはじめ、何とも心地よい摩擦と収縮が彼自身を揉みくちゃにした。

溢れる愛液にクチュクチュと湿った音が響き、窓の外からはまだ雅楽の演奏が聞こえていた。

その雅（みやび）で妖しい旋律が、高まりのリズムと一致するようで、治郎はジワジワと絶頂を迫らせながら突き上げを強めていった。

「い、いきそう……」

「良い、いっぱい中に出して……。目を見つめて」

許しを得るように口走ると、摩利香も熱く息を弾ませて答えながら、リズミカルな動きを続けた。

治郎は摩利香と視線を合わせ、彼女のきつい眼差しを眩しく思いながらも懸命に目をそらさないでいた。こんなに長く、女性と目を合わせているなど初めてのことである。

それは実に妖しく興奮する経験であった。

そして両手でしがみつき、巫女の妖しく濃厚な吐息を嗅ぎながら突き上げるうち、とうとう大きな快感に全身を貫かれてしまった。

「い、いく、気持ちいい……！」

彼は昇り詰めて口走り、熱い大量のザーメンをドクンドクンと勢いよく中にほとばしらせた。

「あう、いい……！」

摩利香もまた、噴出を感じるとともにオルガスムスのスイッチが入ったように呻き、ようやく睫毛（まつげ）を伏せてきつい眼差しを閉ざした。そして大きな快感を嚙み締めるように、息を詰めてガクガクと狂おしい痙攣を開始した。

膣内の収縮も最高潮になり、何やら全身が吸い込まれていくようだった。

治郎は心ゆくまで快感を味わい、最後の一滴まで出し尽くすと、徐々に力を抜いて突き上げを弱めていった。

「アア……」

摩利香も声を洩らし、強ばりを解いてグッタリともたれかかってきた。

膣内は名残惜しげな収縮が繰り返され、幹が過敏にヒクヒクと脈打った。

そして治郎は摩利香の喘ぐ口に鼻を押し付け、濃厚な吐息を嗅ぎながら、うっとりと快感の余韻に浸り込んでいった。

「良かった。思っていた以上に、充分過ぎるほど……」

摩利香が熱い息遣いで囁く。どうやら治郎は、生き神の相手として合格したようだった。

やがて呼吸を整えると、摩利香がそろそろと股間を引き離し、身を起こしていった。

「さあ、湯殿へ」

言われて、彼も立ち上がった。

もう香澄と同じ状態で生け贄の味見が済んだので、摩利香は身を清めても良いらしい。

互いに全裸のまま部屋を出て廊下を進んだ。

途中の一室には、木片が多く積まれて小刀が置かれていた。

どうやら摩利香はここで張り型を製作しているようだ。しかし新たな子が産まれないので、作業も長く中断しているのだろう。

あとで聞くと最年少はあかりらしく、里は長く子に恵まれていないらしい。

してみると滝沢家の母娘が、それぞれ最年長と最年少なのだ。

やがて風呂場に入ると、すでに湯が張られていた。

「待って、洗う前に味わいたい」

摩利香が言って椅子に掛け、目の前に治郎を立たせた。

そして顔を寄せると、まだ愛液とザーメンに濡れている亀頭にしゃぶり付き、ネットリと舌をからめてきたのである。

2

「ああ、子種の匂い……」

摩利香が口を離して言い、なおも執拗に、ペニスのヌメリを全て吸い取るように貪った。

「ああ……、気持ちいい……」

治郎は喘ぎ、摩利香の口の中で、生温かな唾液にまみれながらムクムクと回復していった。

ようやく摩利香は口を離し、手桶に湯を汲んだ。

「待って。洗う前に僕も、もう一度嗅いでおきたい」

治郎が言って簀の子に座り込むと、摩利香も拒まずにスックと立ち上がってくれ、彼の顔の前に股間を突き出してきた。

まだ乾いている茂みに鼻を埋め、濃厚な匂いで鼻腔を満たしながら、彼は割れ目に舌を這い回らせた。

割れ目は、まるでセックスの痕跡を全て吸い込んでしまったようにザーメンのヌメリも味も感じられず、新たな淡い酸味のヌメリが満ちてきた。

「ね、オシッコ出して下さい……」

舐めながら言うと、摩利香は返事の代わりに息を詰め、下腹に力を入れて尿意を高めはじめてくれた。

舐めていると柔肉が蠢き、たちまち温もりと味わいが変わった。

「出る……」

摩利香が短く言うなり、チョロチョロと熱い流れがほとばしってきた。

舌に受けて味わうと、やはり清らかな味と匂いだった。喉を潤すと、すぐにも勢いがついて口から溢れ、心地よく肌を伝い流れた。

「アア……」

摩利香は遠慮なく放尿しながら喘ぎ、手で彼の頭をしっかり押さえて股間に密着させていた。

長かった勢いもようやく衰え、間もなく流れが治まった。

治郎は残り香の中で余りの雫をすすり、舌を挿し入れて掻き回すと、新たな愛液がたっぷり溢れてきた。

「あとで、部屋で……」

やがて摩利香が言うと股間を引き離し、椅子に座って体を洗いはじめた。

江戸時代のような里でも、スポンジにボディソープを含ませるのは奇妙な感じだった。

さらに彼女は歯ブラシを手にした。

「あ、歯磨き粉は付けないで」

ハッカ臭より自然のままの方が好きなので懇願すると、摩利香も何も付けずに歯を磨きはじめた。治郎も股間を洗い、湯で流した。

「待って、唾を飲みたい」

摩利香が歯磨きを終えて口をすすごうとするので言うと、

「ダメ、汚い」

彼女は言って、せっかくの歯垢混じりの唾液をペッと吐き出してからうがいしてしまった。

「さあ、髪はあとで洗うので、まずはもう一度部屋へ」

摩利香が待ち切れないように湯を浴びて立ち上がったので、治郎も一緒に風呂場を出ると、互いに身体を拭いて全裸のまま部屋の布団に戻った。

「後ろから」

摩利香が四つん這いになり、白く形良い尻を突き出して言った。もう充分に濡れ、すぐにも挿入して欲しいようだ。

治郎も膝を突いて股間を進め、ピンピンに勃起した先端をバックから濡れた膣口に押し当てた。ゆっくり押し込んでいくと、心地よいヌメリと肉襞の摩擦が彼自身を包み込んだ。ヌルヌルッと根元まで押し込むと、股間に尻の丸みが心地よく密着して弾んだ。

「アアッ……！」

摩利香が顔を伏せて喘ぎ、白い背を反らせて長い黒髪を振り乱した。

治郎は腰を抱えて股間を前後させ、膣内の温もりと感触を味わいながら、背に覆いかぶさった。

　両脇から手を回して乳房を揉みしだき、まだ洗っていない髪に鼻を埋めて濃い汗の匂いで鼻腔を満たした。

「ああ、いい気持ち……」

　摩利香は喘ぎながら、艶めかしく尻をくねらせた。

「離れて、今度は横から……」

　やがて彼女が言うので、治郎も身を起こしていったんペニスを引き抜いた。バックも気持ち良いが、やはり顔が見えないのが物足りなかったので、彼にとっても好都合だった。

「来て……」

　すると摩利香が横向きになり、上の脚を真上に差し上げて言った。治郎は彼女の下の内腿に跨がり、再び挿入しながら上の脚に両手でしがみついた。

「アア……、いい……」

　摩利香が横向きで喘ぎ、治郎は初めての松葉くずしを味わった。

　膣内の感触のみならず、互いに擦れ合う内腿が心地よく、しかも股間が交差しているから密着感が増した。

何度か動くと、摩利香は喘ぎながらも徐々に仰向けになっていった。

治郎も彼女の脚を下ろし、何とか抜けないようにしながら移動して、正常位へ持ってゆき身を重ねていった。

「アア、もう抜かなくて良い……」

摩利香が下から両手両脚を彼に巻き付けて言い、ズンズンと股間を突き上げてきた。

彼も合わせて腰を動かし、彼女の喘ぐ口を嗅いだ。

混じっていたオニオン臭は消え、彼女本来の匂いらしいシナモン臭が悩ましく鼻腔を刺激してきた。

治郎は熱い息を嗅いで高まりながら律動を続けると、急激に収縮と愛液の量が増してきた。

「い、いく……、アアーッ……！」

今度は摩利香が先にオルガスムスに達し、熱く喘ぎながらブリッジするようにガクガクと狂おしく腰を跳ね上げた。

治郎も収縮に巻き込まれて昇り詰め、

「く……！」

絶頂の快感に呻きながら、熱いザーメンをドクドクと勢いよく注入した。

「あう、感じる……」

噴出に駄目押しの快感を得た摩利香が呻き、キュッときつく締め付けた。

なおも腰を跳ね上げるので、治郎は抜けないよう必死に動きを合わせながら快感を噛み締め、心置きなく最後の一滴まで出し尽くしていった。

脱力しながら動きを弱め、徐々に体重を預けていくと、

「ああ、良かった……」

摩利香もうっとりと満足げに声を洩らし、肌の強ばりを解いてグッタリと四肢を投げ出した。

治郎はまだ息づく膣内でヒクヒクと過敏に幹を震わせ、美女の熱く湿り気のある吐息を間近に嗅ぎながら、快感の余韻を味わったのだった。

重なったまま互いに熱い呼吸を混じらせ、ようやく彼はノロノロと身を起こしていった。

そして傍らにあったティッシュでペニスを拭うと、摩利香は処理もせず全裸で立ち上がった。

「私は髪を洗ったら、着替えて本殿に行く。間もなく誰かが昼食を持ってくるだ

ろう。夕刻まで、ここで休んでも良いし、境内を散歩するのも自由。ただ日暮れには社務所へ戻って」

「分かりました」

彼が答えると、摩利香は脱いだ巫女の衣装を抱えて出て行ったのだった。

3

「お昼をお持ちしました」

昼過ぎに、何と浴衣姿の小夜子が部屋に入って来て治郎に言った。手には紙袋と魔法瓶を持っている。

もちろん治郎は、すでに浴衣を着ていたが、小夜子の顔を見てすぐにも股間が疼いてしまった。この里で、一番真っ当に見える同い年ぐらいの彼女は、控えめで笑顔が魅力的な働き者だ。

「どうも有難う」

治郎が言うと、小夜子は紙袋から出した包みを広げた。海苔の巻かれた握り飯を三つ並べ、魔法瓶からは冷えた麦茶を紙コップに注いでくれた。

「小夜子さんの分は？」

「私は急いで済ませました。これが鮭、真ん中が昆布、これは沢庵（たくあん）です」

彼女は握り飯を指して言い、治郎も美女を前に少し緊張しながら握り飯を食べはじめた。

「小夜子さんも、幼い頃から鍛錬を？」

「ええ、でも私はあかりさんほど才能はないです」

訊くと、彼女は袂（たもと）を押さえて答えた。

「立ち入ったことだけど、小夜子さんもまだ、処女……？」

「ええ……」

股間を熱くさせながら思いきって言うと、小夜子は小さく答え、袂から張り型を取り出して見せた。長年のヌメリを吸った木製のそれは鈍い光沢を放ち、先端は僅かに変色していた。

そう、彼女はこの器具で挿入快感を育（はぐく）んできたのだろう。

「それは……」

「はい、ここで治郎様にして頂いたら、あとでお堂に奉納します」

（うわ……）

澄んだ眼で言われ、彼は心の中で快哉（かいさい）を叫びながら急いで握り飯を頬張った。

それにしても、何度しても勃起も射精も快感も衰えないのである。

今までもオナニーなら日に三回はしていたが、やはりこの里では、かがりの体液が媚薬なのではなく、そうした精力剤に匹敵する薬草でも全ての料理に入れられているのかも知れない。

そして彼が三つ目の握り飯を食べ終え、麦茶で流し込む頃には痛いほど股間が突っ張ってしまっていた。

「じゃ、ここでする？」

小夜子が答え、彼が麦茶を飲み終えると後片付けをした。

「はい、そうして頂けると嬉しいです。明日になると、村中の女が押し寄せるでしょうから」

そして治郎が帯を解きはじめると、彼女も立ち上がってモジモジと帯を解きはじめてくれたのである。

雅楽の演奏が止み、皆もお昼にしているのかも知れない。

摩利香も洗った髪を乾かしてから、巫女の衣装を身に着けて本殿へとゆき、もうここへは誰も来ないだろう。

先に全裸になると、彼は激しく勃起させながら布団に仰向けになった。

小夜子は背を向けて浴衣を脱ぎ去り、一糸まとわぬ姿になると、胸を押さえて恐る恐る向き直った。

色白で、ほっそりしているが、それでも胸は形良く膨らみ、腰も娘らしい曲線を描いていた。

「いろいろしてほしいことがあるのだけど……」

「ええ、何でもお申し付け下さいませ」

言うと、小夜子がほんのり頬を紅潮させて答えた。期待と好奇心に眼がキラキラと輝き、早くも呼吸が熱く弾んでいるようだ。

「じゃ、ここへ座ってね」

治郎は仰向けのまま、自分の下腹を指して言った。

「え……、跨ぐのですか……」

彼女は驚いたように言ったが、逆らいはせず、尻込みしながらもそろそろと治郎の腹に跨がってしゃがみ込んでくれた。

「座りますよ。重かったら仰って下さい……」

小夜子が言い、脚をM字にさせてそっと下腹に股間を押し当ててきた。処女の割れ目が肌に密着し、微かな潤いも伝わってきた。

「じゃ両足を伸ばして、僕の顔に乗せてね」

「そ、そんな……」

小夜子は、主家の客人の顔に足を乗せることをためらったが、治郎は立てた両膝に彼女を寄りかからせ、両足首を摑んで顔に引き寄せた。

「あん……」

彼女が声を上げて身じろぐと、密着した割れ目が心地よく擦られた。急角度に勃起した先端が、上下するたび小夜子の腰を軽く叩いた。

とうとう彼は顔に小夜子の足裏を受け止め、全体重を味わった。

治郎は両足の裏を顔中で感じ、踵から土踏まずに舌を這わせながら、縮こまった指の間に鼻を押し付けて嗅いだ。

昨夜は入浴しただろうが、今日も朝から半日働いて動き回り、そこは生ぬるく汗と脂に湿って、蒸れた匂いが濃く沁み付いていた。

彼は匂いを貪り、鼻腔を刺激されてから爪先にしゃぶり付いた。

「アア……！」

指の股に舌を割り込ませていくと、小夜子がヒクヒクと肌を震わせて喘ぎ、腰をよじるたびに密着する割れ目の潤いが増していった。ためらいと戸惑い、羞じらいに包まれていても、やはり他の女性たちのように、充分過ぎるほど濡れてくるのだろう。

　やがて治郎は、両足とも全ての指の股の味と匂いを貪り尽くすと、足首を摑んで彼女の足を顔の左右に置いた。

「じゃ、前に来て顔にしゃがんで」

　手を引いて言うと、小夜子は息を震わせながら腰を浮かせ、そっと前進して彼の顔にしゃがみ込んだ。

　和式トイレスタイルでＭ字開脚となり、白い内腿がムッチリと張り詰め、楚々とした恥毛の煙る股間が鼻先に迫った。

　ピンクの陰唇がはみ出し、さらに指で左右に広げると、張り型の挿入に慣れつつも処女の膣口が濡れて息づき、小粒のクリトリスも精一杯ツンと突き立って光沢を放っていた。

「ああ……、恥ずかしい……」

　真下からの熱い視線と息を感じ、小夜子が両手で顔を覆って喘いだ。

　実に真っ当な羞恥反応が、この里では何とも新鮮に映った。

　治郎は腰を抱き寄せ、淡い恥毛の丘に鼻を埋め込んで嗅いだ。

隅々には、やはり甘ったるい汗の匂いと残尿臭が混じり、それに微かに感じるチーズ臭は、処女特有の恥垢成分であろうか。

「いい匂い」

嗅ぎながら思わず言うと、小夜子はビクリと反応し思わず座り込みそうになるのを堪えた。

舌を這わせ、陰唇の内側に挿し入れていくと淡い酸味のヌメリが迎え、彼は膣口の襞を掻き回し、クリトリスまで舐め上げていった。

「アアッ……!」

小夜子が熱く喘ぎ、しゃがみ込んでいられなくなったように両膝を突いた。

治郎は舌を上下左右に小刻みに蠢かせ、クリトリスを刺激しては、新たにトロトロ溢れてくる蜜をすすった。

味と匂いを充分に堪能すると、さらに彼は大きな水蜜桃(すいみつとう)のような尻の真下に潜り込んでいった。

ひっそり閉じられた谷間の蕾は実に可憐で、それでも鼻を埋めて嗅ぐと蒸れた汗の匂いと、摩利香にも感じた淡いビネガー臭が鼻腔を刺激してきた。

治郎は顔中に弾力ある双丘を受けながら匂いを貪り、舌を這わせて収縮する襞を濡らし、ヌルッと潜り込ませた。

「あう……」

滑らかな粘膜を探ると、彼女が呻き、キュッと肛門で舌先を締め付けてきた。

彼は舌を蠢かせ、やがて再び割れ目に戻って大量のヌメリをすすり、クリトリスを舐め回した。

「アア……、どうか、もう……」

相当に高まり、絶頂が迫ったように小夜子が嫌々をして言った。

「じゃ、今度は僕にして」

舌を引っ込めて言うと、小夜子も安心したように股間を浮かせて移動していった。治郎は大股開きになり、彼女が腹這いになって顔を寄せると、自ら両脚を浮かせて抱え、尻を突き出した。

すると彼女も、厭（いと）わず真っ先に彼の肛門を舐め回してくれ、自分がされたようにヌルッと舌先を潜り込ませてくれたのだ。

「ああ……、気持ちいい……」

治郎は妖しい快感に喘ぎ、モグモグと味わうように処女の舌先を肛門で締め付けた。自分は洗ったばかりだから汚れも匂いもないだろう。

小夜子も熱い鼻息で陰嚢をくすぐりながら、中で舌を蠢かせてくれた。

充分に味わうと、彼は脚を下ろし、

「今度はここ舐めて」

陰嚢を指して言うと、彼女もすぐに舌を這わせてくれた。

二つの睾丸を転がし、袋全体を生温かく清らかな唾液にまみれさせた。

「いいよ、有難う。じゃおしゃぶりして」

言いながら、愛撫をせがむように幹をヒクヒクさせると、小夜子もさらに前進し、肉棒の裏側をゆっくり舐め上げてきた。

滑らかな舌が先端まで来ると、小指を立てて幹を支え、粘液の滲む尿道口をチロチロと慈しむように舐め回してくれた。やはり張り型とは違う感触や温もりを味わっているのだろう。

さらに張りつめた亀頭をくわえ、ゆっくりと喉の奥まで呑み込んでゆくと、彼自身は温かく濡れた快適な口腔に深々と包まれた。

「ンン……」

小夜子は熱く鼻を鳴らし、息で恥毛をそよがせながら幹を締め付けて吸い、口の中ではクチュクチュと舌を蠢かせてくれた。

たちまちペニス全体は、処女の生温かく清らかな唾液にどっぷりと浸り、ヒクヒクと歓喜に震えた。

4

「ああ、気持ちいいよ、すごく……」

治郎は腰をくねらせて喘ぎ、小夜子も慈しむように舌をからめてから、顔を上下させスポスポと濡れた口で摩擦してくれた。

「い、入れたい……」

すっかり高まって言うと、小夜子も待っていたように口を離した。

「あの、どうか上に……」

「いいよ、上から跨いで」

彼が言うと、もちろん小夜子は逆らいもせずに前進して股間に跨がった。

ぎこちなく先端に割れ目を押し当て、位置を定めると息を詰め、ゆっくり座り込んでいった。

張り詰めた亀頭が潜り込むと、あとは潤いと重みで、彼自身はヌルヌルッと滑らかに根元まで呑み込まれていった。

「アア……!」

完全に股間を密着させると、小夜子は目を閉じて顔を仰け反らせ、感無量といった感じで熱く喘いだ。やはり硬い作り物の張り型とは、快感が格段に違うのだろう。

治郎も、きつい締め付けと熱いほどの温もりに包まれ、股間に重みを感じながら彼女を抱き寄せ、両膝を立てて尻を支えた。

まだ動かず、潜り込むようにして初々しいピンクの乳首に吸い付き、舌で転がしながら生ぬるい体臭で鼻腔を満たした。

両の乳首を含んで舐め回し、顔中で張りのある膨らみを味わってから、小夜子の腋の下にも鼻を埋め込むと、スベスベに手入れされたそこは生ぬるく湿り、甘ったるい汗の匂いが馥郁と籠もっていた。

充分に貪ってから彼女の首筋を舐め上げ、ピッタリと唇を重ねると、

「ンンッ……」

小夜子が熱く呻き、息で彼の鼻腔を湿らせた。

舌を挿し入れて滑らかな歯並びを左右にたどると、彼女も歯を開いて受け入れた。治郎は生温かな唾液に濡れた舌を味わい、執拗にからみつかせながらズンズ

ンと股間を突き上げはじめた。

「アアッ……、い、いい気持ち……」

小夜子が口を離して喘ぎ、収縮を強めながら徐々に腰を遣った。

潤いですぐにも動きが滑らかになり、互いのリズムが一致するとクチュクチュと湿った摩擦音が聞こえてきた。

彼女の喘ぐ口に鼻を押し付けて息を嗅ぐと、それはあかりに似た甘酸っぱい果実臭で、悩ましく鼻腔を刺激してきた。

「唾を垂らして」

言うと小夜子も、微かな抵抗感に眉をひそめながらも形良い唇をすぼめ、白っぽく小泡の多い唾液をトロトロと吐き出してくれた。

舌に受けて味わうと、プチプチと弾ける小泡の一つ一つにも可愛らしい匂いが含まれているようだった。うっとりと喉を潤すと、彼は股間の突き上げを強めながら、

「顔に唾を思い切りペッて吐きかけて」

「そ、そんなこと、どうして……」

「綺麗な小夜子さんが、他の男に絶対しないことを僕だけにしてほしいから」

懇願すると、少しためらった小夜子も意を決したようで、唇に唾液を滲ませながら大きく息を吸い込んで止め、近々と顔を迫らせるやいな、ペッと強く吐きかけてくれた。

「ああ、気持ちいい……」

顔中に湿り気ある甘酸っぱい吐息を感じ、生温かな唾液の固まりを鼻筋に受けた治郎は興奮を高めて喘いだ。唾液はほのかな匂いを含んで、頬の丸みをトロリと伝い流れた。

「アア……」

小夜子も自分のしたことの衝撃に熱く喘ぎ、収縮を強めて動きを激しくさせていった。

「顔中ヌルヌルにして」

言いながら顔を引き寄せると、小夜子も興奮に息を弾ませて舌を伸ばした。

チロチロと舐め回し、垂らした唾液を舌で塗り付けるように、彼の鼻の穴から頬、瞼(まぶた)までヌルヌルにしてくれた。

「ああ、いく……！」

たちまち治郎は、美女の唾液と吐息の匂い、舌の感触と膣内の収縮の中、激しく昇り詰めて喘いだ。同時に、ありったけの熱いザーメンがドクンドクンと勢いよくほとばしり、奥深い部分を直撃した。

「あ、熱いわ、いく……、アアーッ……！」

小夜子も、やはり噴出を感じた途端に声を上ずらせ、ガクガクと狂おしいオルガスムスの痙攣を開始したのだった。

治郎も激しく股間を突き上げ、充分に快感を味わってから最後の一滴まで出し尽くしていった。

すっかり満足しながら動きを弱めていくと、

「ああ……、こんなに良いものだなんて……」

小夜子も、まだヒクヒクと肌を震わせながら言い、グッタリと力を抜いて彼にもたれかかってきた。

いつまでも収縮が続き、彼自身が過敏にヒクヒクと跳ね上がった。

「あう……、もう堪忍……」

小夜子も相当敏感になっているように、古風なことを言いつつキュッときつく締め上げてきた。

治郎は彼女の震える吐息を間近に嗅ぎ、悩ましい果実臭で鼻腔を刺激されながら、うっとりと余韻に浸り込んでいった。

重なったまま呼吸を整えると、あまり長く乗っているのを済まなく思うのか、やがて小夜子がそろそろと身を起こし、股間を引き離した。

処女喪失だが、もちろん出血などはないようだ。

そして彼女はティッシュで割れ目を手早く拭いながら、満足げに萎えはじめているペニスに屈み込み、愛液とザーメンにまみれた先端に鼻を寄せた。

「これが、子種の匂い……」

小夜子は嗅いで言い、舌を這わせてヌメリを舐め取った。

「味はないです。栗の花のような匂い……」

言って、なおもしゃぶり付くと、

「ああ……、また……」

治郎は喘ぎ、過敏な時期を越えたペニスがムクムクと回復してきた。

しかし、小夜子は舌で綺麗にしただけでチュパッと口を離した。

「あとは、香澄様とのために取っておいて下さいね。じゃ、湯を浴びたら私は戻りますので」

小夜子が言い、浴衣や魔法瓶、持って来た紙袋を抱えて部屋を出て行った。

治郎は仰向けのまま遠ざかる足音を聞き、目を閉じた。

（そうだ、今夜は香澄先生と出来るんだ……）

そう思うと、小夜子の唾液に濡れたペニスがさらに勃起してきた。

境内では、再び雅楽の稽古が始まっていた。彼は聴きながら、興奮しつつもいつしか満足感の中で睡りに落ちていった。

5

（ああ、眠ってしまったか……）

治郎は目を覚まし、まだ続いている雅楽を聴きながら身を起こした。

壁の時計を見ると午後四時過ぎ。

立ち上がるとペニスはすっかり乾き、彼は浴衣を着て帯を締めた。

鼻腔には、ほのかに小夜子の唾液の残り香が感じられた。

確か摩利香が、散歩は自由と言っていたので、彼は下駄を突っかけて境内に出てみた。

雅楽の演奏者たちは、また皆チラと彼を見たが、集中しているようで音に乱れはない。治郎は本殿にお詣りをしてから、お堂の前を通過した。

もう小夜子は、自分の張り型を奉納して滝沢家に帰ったのだろう。

しかし処女を喪うまで張り型を使っても、そのあとも町へ出たものはともかく里に残れば男が常に身近にいるわけではないだろう。

だから奉納してしまうと、たまには張り型でも良いから入れたくなるのではないだろうか。

あるいは、処女喪失を境に、摩利香が新たな張り型を作ってくれるのかも知れない。

治郎はさらに境内を歩き回ったが、鳥居の外へ出ることはせず、やがて陽が傾く頃に摩利香に呼ばれて社務所へと戻った。

そろそろ祭が開始されるのか、境内には篝火(かがりび)が焚かれ、雅楽の稽古も終えて一同が本番に向けて緊張気味に待機している。

聞こえるのは蟬時雨ばかりだった。

「では早めに夕餉(ゆうげ)を済ませて」

言われて、治郎はすでに卓袱台に用意されていた湯漬けと漬け物で軽く食事を済ませた。

もしかしたら、これで明朝まで何も口に出来ないのかも知れない。

まあ大食漢ではないので、何とか大丈夫だろう。まして朝まで香澄と一緒に過ごせるのである。

「では身を清めて」

済んだ頃に摩利香が来て言い、治郎は湯殿に行って全裸になり、髪と全身を念入りに洗って口もすすぎ、放尿まで済ませた。

そして脱衣所で身体を拭いていると、また摩利香が来た。

彼女は巫女の白い着物の上に、千早（ちはや）という上衣を羽織り、さらに天冠（てんかん）という金色の冠をかぶっていた。薄化粧もし、正に祭祀（さいし）に臨む正装になっていて実に美しかった。

「僕は何を着れば……」

唯一の男として祭に参加というからには、何か特別な衣装があるのだろう。

そう思って彼が訊くと、

「着けるのはこれだけ」

摩利香が答え、古びた赤い天狗の面を差し出してきた。

「お面だけで、あとはまさか裸？」

「そう、ではこちらへ」

言われて、面を持って社務所の玄関まで行くと、そこに物々しく飾られた輿が安置されていた。御輿ではなく横長で、周囲の柵には装飾があり、中には布団が敷かれていた。

だから輿というよりは、何やら担架を思わせた。

そして輿の周囲にはかがりとあかり、小夜子ともう一人見知らぬ女性が立っていた。

みな浴衣姿だが、表情を引き締めて笑みも浮かべず無駄口も叩かず、すでに儀式に入っているかのようだ。

「さあ、そこに寝て面を着けて」

摩利香が言うので、治郎も恐る恐る素足のまま輿に乗り、ゆっくりと仰向けになった。

そして面を着けて紐を結ぶと、目に穴はあるが小さくて、あまり周囲を見ることは出来なかった。

「さあ、あとは動かず喋らず、生き神様の言う通りにして」

摩利香が言って戸を開けると、急に雅楽の演奏が始まった。これが祭の開始の合図だったようだ。

するとと四人の女性が、仰向けになった治郎を乗せた輿を持ち上げた。肩まで担ぐのではなく、持った手を下げた腰の高さである。

（うわ、裸のまま皆の前に……？）

治郎は四人に運ばれて移動しながら思い、ペニスは萎えるどころか妖しい雰囲気の中でムクムクと勃起しはじめてしまった。

境内に出ると、熱の籠もった雅楽が響き、視界が狭いとはいえ、里の女性たちの熱い視線を彼は全身に感じた。

しかも、彼女たちの囁きが聞こえるのだ。

「あんなに勃って……、なんて楽しみ……」

「色白でひ弱そうだけれど、あそこだけは立派だわ」

そんな声を耳にしながら、輿は並ぶ女性たちの真ん中を通っていった。

そして本殿の前に輿が置かれると、もう私語も聞こえなくなり、雅楽が止むと摩利香の声で祝詞が唱えられはじめた。

里の女性たちも気楽な祭見物というよりは、全員がこの厳かな祭の参加者として、それぞれの役割を持っているのかも知れない。

祝詞は何を言っているのかよく分からないが、とにかく里の繁栄のため、五年に一度の祭を始めるというようなことなのだろう。

祝詞が終わり、再び雅楽が始まると、本殿の床を踏む軽やかな足音と鈴の音が聞こえてきた。どうやら摩利香が舞っているようだ。

二つの目の穴から見えるのは、暮れなずむ空と、篝火を受けて揺らぐ木々の葉だけ。

やがて舞いと雅楽が終わったようで静かになると、戸の軋む音とともに、一同の声にならぬ溜息が聞こえてきた。

どうやら本殿の奥から、いよいよ香澄が姿を現したようだった。

耳を澄ませていると、本殿の階段を下りてくる音が迫り、この輿の前まで来たようだ。

そして治郎はそっと手を握られて引っ張られ、

「さあ……」

と声を掛けられて身を起こした。

小さな穴から見ると、そこには長い黒髪をした女性、しかし顔にはお多福の面をかぶっていた。

どうやら天狗とお多福は、猿田彦とアメノウズメの夫婦を模しているようだ。

これが、恋い焦がれていた香澄なのだろう。

だが見ると、彼女も一糸まとわぬ姿に面を被っているだけなのだ。

白い乳房は実に形良い膨らみを息づかせ、下腹の恥毛も上品に煙っていた。

やがて治郎は香澄に手を引かれ、輿を降りて立ち上がった。

すると再び、熱を帯びた雅楽が演奏された。どうやら二人の出逢うシーンが祭のクライマックスなのかも知れない。

そして治郎は厳かな音色とともに、導かれるまま階段を上がり、ゆっくりと本殿に昇っていった。そのまま中を抜けると、香澄が出てきたらしい奥の戸に入り、そのあとから摩利香も従ってきた。

本殿の裏にはお堂があり、治郎は香澄に手を引かれて中に入ると、外から摩利香が戸を閉め、施錠する音が聞こえてきた。

これで、どうやら朝まで閉じ込められ、あとで聞くと他の女性たちは社務所で宴（うたげ）を囲むようだった。

実に僅かな祭であり、彼はお堂の中に籠もる生ぬるく甘ったるい匂いを感じ、ますます勃起が治まらなくなっていた。

「面を外していいわ」

香澄の声がし、治郎も胸を高鳴らせながら天狗の面を外した。

見ると、香澄もお多福の面を外し、彼に笑いかけている。

治郎は、香澄がメガネを外した顔を見るのは初めてで、実に輝くようで神々しいまでに美しかった。しかも、一糸まとわぬ姿になった白い肌が、何とも眩しかった。

「もう気楽にしていいわ。朝まで二人きりなのだから」

「ええ……」

「良く来てくれたわね。こんな山の中まで」

「いいえ、あかりさんが迎えに来てくれたから」

彼は答え、周囲を見回した。中は八畳ほどの部屋で、入って来た戸のある壁以外の三面には、何段もある棚に夥しい蠟燭が灯っていた。

だから眩しいほどで、中央には床が敷き延べられ、隅にはチリ紙と箱が置かれているので、そのあたりの床板が外れてトイレになっているのだろう。

そういえば微かなせせらぎが聞こえているので、お堂の下を小川が流れているらしい。

「もし地震でもあって、蠟燭が倒れたらどうするの。戸には鍵が掛けられたようだから……」

「いざとなれば、厠の穴から小川に降りられるわ」

言われて納得し、とにかく治郎は布団に腰を下ろした。室内にも布団にも、丸三日間の香澄の匂いが濃厚に沁み付いている。

「とにかく、夜明けまで十二時間ばかり、ここで二人で過ごしましょう」

「あの、お願いが……」

「なに」

「メガネがあったら掛けて欲しいんです。いつも見ていた香澄先生の顔を見たいので」

「いいわ」

言うと、香澄はすんなり応じ、棚の隅にあったメガネを掛けてくれた。

「ああ、その顔が好きです」

治郎は、見慣れたメガネ美女の顔を見て嘆息混じりに言った。

「そう、じゃ横になるわね」

香澄は言い、他にすることはないとでも言うふうに布団に横たわってきた。

確かに、話などあとで良いほど彼も激しく勃起しているし、大学で別れて一週間だから、旧交を温めるほどの話題はないのだ。

もちろん香澄の、里での経験など聞きたいことは山ほどあるが、それはあとで良いだろう。

治郎は添い寝すると、甘えるように彼女に腕枕してもらい、形良く息づく乳房に迫っていった。

腋の下は手入れされてスベスベで、生ぬるくジットリ湿り、鼻を埋めて嗅ぐと甘ったるい汗の匂いが馥郁と鼻腔を掻き回してきた。

しかし、摩利香ほど濃くないので、あるいは香澄はかがりのように汗の調節に長けているのかも知れない。

そう思うと、あらためて彼女が都会の大学を出て講師をしている現代美女ではなく、この忍者の棲む隠れ里の出なのだということが意識された。

治郎は憧れの美女の体臭を心ゆくまで嗅いで胸を満たすと、そろそろと乳房に触れ、チュッと乳首に吸い付いていった。

「ああ……」

香澄が小さく喘ぎ、彼の髪を優しく撫でてくれた。

彼女もすっかり淫気を高め、されるままに身を投げ出していた。

何しろ最初からセックスのために呼ばれたので、長々と口説く面倒もないのが良く、彼は最初から舞い上がってむしゃぶりついていった。

第四章　憧れ美女との一夜

1

「さあ、入れていいわ……」

治郎が香澄の左右の乳首を充分に舐めると、彼女が言った。

「ううん、身体中味わってから」

「まあ、すぐしたいのではないの？」

「入れるのは最後。先生の隅々まで知りたいので」

彼が答えると、急に香澄はビクリと身を強ばらせた。

「だって、聞いているだろうけど、私は三日間もお風呂に入っていないし、歯磨きだって……」

香澄は羞恥に身をくねらせて言った。

自分に恋い焦がれていた治郎だから、少し乳首を愛撫したら、すぐにも挿入してくると思っていたのだろう。

だからこそ、入浴していなくても応じたようだった。

生き神は特殊能力があるということだが、それは淫気の強さだけで、性癖までは見抜けなかったのかも知れない。

「かがりさんのように、唾液で口の中を洗ったり、汗を調節したり出来るのでしょう？」

「それは、里の外へ出て戦いに臨むときだけ。そんな術があっても、三日間というのは限界を超えているわ」

「でも僕、先生の匂いを知りたいし、絶対にいい匂いに決まってるから」

治郎は言い、もう一度彼女の左右の乳首を舐め回してから、白く滑らかな肌を下降していった。

彼にとって香澄は唯一、里の外から知っている女性だが、さすがに生き神という役割を知ると、美人講師というだけでなく言いようのない神聖なオーラが感じられた。

香澄は諦めたように拒みはせず、ただ息を弾ませてじっとしてくれていた。

彼は形良い臍を探り、ピンと張り詰めた下腹に顔を押し付けて心地よい弾力を味わい、例によって股間は最後に取っておき、腰から脚を舐め下りていった。

スベスベの脚を舌でたどり、足裏を舐め回すと、

「あう、ダメ……！」

香澄が驚いたように呻き、ビクリと反応したが、彼はその足首を押さえつけて足指に鼻を擦りつけて嗅いだ。指はあかりほど逞しくはないが、かがりのように見かけでは分からないのだろう。

そして指の股は生ぬるい汗と脂で湿り気を帯び、蒸れた匂いが濃く沁み付いて鼻腔を刺激してきた。

（ああ、香澄先生の足の匂い……）

治郎は感激と興奮に包まれながら匂いを貪り、爪先にしゃぶり付き、縮こまった指の間に順々に舌を割り込ませて味わった。

「く……！」

香澄が息を詰めて呻き、彼の口の中で唾液にまみれた指を震わせた。

恐らく彼女は五年前の祭で男を知ったのだろう。いや、大学時代から都内にいたのだから、すでに何人かの男との体験はあるに違いない。

それでも爪先をしゃぶる男は、今までいなかったのかも知れない。

治郎は両足とも、全ての指の股を味わい、匂いと味が薄れるほど貪り尽くしてしまった。

「じゃ、どうかうつ伏せに」

いったん顔を上げて脚を動かすと、香澄も寝返りを打ってくれた。

白く形良い尻が実に艶めかしいが、まだ谷間を味わうのは後回しだ。

彼は香澄の踵からアキレス腱、脹ら脛から汗ばんだヒカガミを舐め上げ、弾力ある太腿に頬ずりし、尻の丸みをたどると、腰から滑らかな背中を舐め上げていった。

三日間和装で過ごしていたから、背中にブラのホック痕などはないが、微かに汗の味がし、長い髪に鼻を埋めて感触を味わい、甘く籠もる匂いを貪った。

耳の裏側の湿り気も嗅いで舌を這わせると、うなじから肩をたどり、再び尻に戻ってきた。

彼女は顔を伏せ、じっと身を強ばらせて息を詰めていた。

うつ伏せのまま股を開かせて腹這うと、治郎はいよいよ形良い尻に迫り、指で双丘をムッチリと広げた。

谷間には、薄桃色の蕾が可憐にひっそり閉じられ、彼はしばし見惚れてから鼻を埋め込んだ。顔中に弾力ある尻が密着し、やはり蕾には蒸れた汗の匂いと、ほのかなビネガー臭が籠もっていた。

治郎は憧れの香澄の匂いで鼻腔を満たし、舌を這わせて襞を濡らし、ヌルッと潜り込ませて滑らかな粘膜を探った。

「く……、ダメ……」

香澄がか細く呻き、キュッと肛門で舌先を締め付けた。

治郎は舌を蠢かせ、微妙に甘苦い粘膜を心ゆくまで味わうと、ようやく顔を上げて再び彼女を仰向けにさせた。

片方の脚をくぐって股間に陣取り、滑らかな内腿を舐め上げながら股間に顔を迫らせていった。

とうとう香澄の神秘の部分に辿り着いたのである。

丘には程よい範囲に恥毛が茂り、割れ目からはみ出す花びらはすでにヌラヌラと蜜に潤っていた。

指を当てて左右に陰唇を広げると、ピンクの柔肉はさらに大量の愛液にまみれていた。

襞の入り組む膣口が艶めかしく息づき、小さな尿道口も確認でき、包皮の下からは小指の先ほどのクリトリスが真珠色の光沢を放ち、ツンと突き立っていた。

「ああ……」

彼の熱い視線と息を感じ、香澄が熱く喘いで白い下腹をヒクヒク波打たせた。

もう我慢できず、治郎は香澄の中心部に顔を埋め込んでいった。

柔らかな恥毛に鼻を擦りつけて嗅ぐと、隅々に生ぬるく蒸れて籠もった汗とオシッコの匂いが悩ましく鼻腔を刺激してきた。

「いい匂い」

「あう……！」

嗅ぎながら思わず言うと、香澄が羞恥に声を洩らし、反射的にムッチリとした内腿で彼の両頬を挟み付けてきた。

嗅ぎながら舌を這わせ、挿し入れて柔肉を舐めると淡い酸味のヌメリが感じられた。膣口の襞を掻き回し、味わいながらゆっくりクリトリスまで舐め上げていくと、

「アアッ……！」

香澄が身を弓なりに反らせて喘ぎ、内腿に強い力を込めてきた。

彼は両耳を塞がれた形になり、聞こえるのは自分の鼓動と息遣いだけだ。

チロチロと執拗にクリトリスを舐めると、愛液の量が増し、膣口に指を挿し入れると熱く濡れた内部はきつい収縮を繰り返していた。

「お、お願い、入れて……！」

香澄が腰をよじりながらせがんできた。

治郎も堪らずに指を引き抜き、舌を離して股間から這い出した。

「入れる前に、唾で濡らして……」

添い寝して甘えるように言うと、彼女も入れ替わりに身を起こして移動し、彼の股間に顔を寄せてきた。

長い黒髪が股間を覆い、香澄は幹に指を添えて、粘液の滲む尿道口をチロチロと舐め回してくれた。

「ああ、気持ちいい……」

憧れの香澄に舐められ、彼はゾクゾクと胸を震わせて喘いだ。

彼女も張り詰めた亀頭をしゃぶって生温かな唾液にまみれさせ、丸く開いた口でスッポリと喉の奥まで呑み込んでいった。

温かく濡れた口腔に包まれ、彼自身はヒクヒクと歓喜に震えた。

「ンン……」

香澄も熱く鼻をならして恥毛をくすぐり、幹を締め付けて吸い、念入りに舌をからめてくれた。快感に任せズンズンと股間を突き上げると、彼女も顔を上下させ、スポスポと摩擦しはじめた。

それでも口に受けるわけにいかず、やはり孕むのが目的なので、やがて香澄はスポンと口を離した。

「入れるわ……」

「ええ、上から跨いで下さい……」

香澄が顔を上げて言い、彼も答えた。大学でも、もし香澄と懇ろになれるなら手ほどきをしてもらい、初体験は女上位で交わり、美しい顔を下から仰ぎたい願望があったのだ。

彼女もためらいなく前進して跨がり、唾液に濡れた先端に割れ目を擦り付けてきた。

やがて位置を定めると香澄は息を詰め、ゆっくり腰を沈み込ませていった。

張り詰めた亀頭が潜り込むと、あとはヌルヌルッと滑らかに根元まで呑み込まれ、完全に座り込んで互いの股間が密着した。

「アア……」

香澄は顔を仰け反らせ、目を閉じて喘ぎながら、味わうようにキュッキュッと締め付けてきた。

全裸にメガネだけ掛けた香澄の喘ぐ表情に、彼は激しく高まった。

治郎も肉襞の摩擦と温もり、大量の潤いと締め付けの中で感激を噛み締め、やがて両手を回して抱き寄せると、彼女も身を重ねてくれた。

両膝を立てて尻を支え、下から唇を重ねて舌を挿し入れると、香澄もネットリと舐め回してくれた。

互いの混じった息に、間近に迫るレンズが微かに曇った。

キスが最後になってしまったが、治郎はうっとりと味わいながら、ズンズンと小刻みに股間を突き上げはじめていった。

2

「ああ……、き、気持ちいいわ……」

香澄が口を離して熱く喘ぎ、合わせて腰を動かしはじめた。

溢れる愛液が律動を滑らかにさせ、治郎の肛門にまで伝い流れながら、ピチャクチャとリズミカルな摩擦音が響いた。

熱く喘ぐ口に鼻を押し込んで息を嗅ぐと、湿り気とともに花粉のような甘い刺激が彼の鼻腔を掻き回してきた。

悩ましく濃厚な刺激が胸に沁み込み、治郎は香澄の吐息に快感を高めながら突き上げを強めていった。

「い、いきそうよ……」

香澄も息を弾ませて言いながら、グイグイと彼の胸に乳房を押し付け、股間を擦り付けるように激しく動き続けた。

治郎も堪らず、匂いと摩擦の中で一足先に昇り詰めてしまった。

「い、いく……、アアッ……！」

彼は夢のような絶頂の快感に貫かれて喘ぎ、熱い大量のザーメンをドクンドクンと勢いよくほとばしらせた。

「い、いい……、ああーッ……！」

やはり奥深くに噴出を受けると香澄も声を上ずらせ、ガクガクと狂おしい痙攣を開始した。

オルガスムスが一致すると、さらなる快感が治郎の全身を心地よく包み込んでいった。

収縮の中、彼は心置きなく最後の一滴まで出し尽くした。

深い満足に包まれながら徐々に突き上げを弱めていくと、

「ああ……、こんなにすごいなんて……」

香澄も激しすぎる快感に硬直を解いて口走り、グッタリと力を抜いて体重を預けてきた。

治郎は重みと温もりの中、まだ名残惜しげな収縮を繰り返す膣内でヒクヒクと過敏に幹を跳ね上げた。そして刺激的な花粉臭の吐息を間近に嗅ぎながら、うっとりと余韻を味わったのだった。

やがて呼吸を整えると、香澄が股間を離して身を起こしていった。

そして用便用のチリ紙ではなく、ちゃんと用意されていたティッシュの箱を引き寄せ、自分で割れ目を拭うと、小夜子のように香澄は彼の股間に屈み込み、愛液とザーメンに濡れた亀頭をしゃぶってくれたのだ。

「ああ……」

舌の蠢きに彼は喘ぎ、たちまち口の中でムクムクと回復していった。

「すごいわ。もうこんなに」

口を離し、香澄が頼もしげに見下ろして言う。

もちろん治郎も続けて出来るが、朝までずっと密室に二人きりなのだから急ぐことはない。

それに午睡もしたから眠くはなく、彼は元気いっぱいだった。

香澄もいったん身を離し、使ったティッシュを隅にある箱に捨てた。

治郎も起き上がり、箱の中を見てみたが、他に用足しで使ったような紙は入っていなかった。恐らく摩利香が、早めの夕食を運んだときにゴミも回収してしまったのだろう。

「ここがトイレ？」

治郎は訊き、箱の手前にある小さな取っ手付きの蓋を開けた。

下には暗い小川の流れがあり、軽やかなせせらぎが聞こえてきた。

用便用の穴は、三十センチと六十センチほどの小さなものだが、香澄の言う通り、火事などのときは何とか身体を通すことが出来るだろう。

そして四角い穴の縁も綺麗に拭き清められているので、とてもトイレとは思えなかった。

「ね、オシッコしてみて……」

彼は言い、開いた穴の上に仰向けになった。顔が落ちないよう頭を縁に引っかけると、うなじに涼しい風が感じられた。

「そんなこと……」

「お願い、どうしても」

ためらう香澄の手を引いてせがむと、彼女も尻込みしながら治郎の顔に跨がってきてくれた。

蓋を開けているから微風が入って蠟燭の火が揺らぎ、顔にしゃがみ込んだメガネ美女の姿を妖しく浮かび上がらせた。

M字になった脚がムッチリと張り詰め、治郎は真下から割れ目に鼻と口を押し付けた。

恥毛に籠もる濃厚に蒸れた匂いで鼻腔を満たし、舌を挿し入れると、もう逆流するザーメンもなかったが、新たな蜜が漏れて滑らかになった。

匂いに酔いしれながらクリトリスと膣口の間の柔肉を探ると、すぐにも蠢きが伝わってきた。

「あう、いいのね、出るわ……」

たちまち香澄が息を詰めて言うなり、チョロチョロと熱い流れが彼の口にほとばしってきた。ここなら零した分は下の小川に注がれるだろう。

実際、すぐにも流れに勢いがつくと口から溢れ、彼の頬から耳まで濡らしながら真下の小川に滴っていった。

仰向けなので噎せないよう気をつけながら味わうと、やや匂いも味も濃い感じだが、もちろん香澄の出したものだから嫌ではなく、彼は嬉々として喉に流し込んだ。

「アア……」

香澄は熱く喘ぎ、否応なく長々と続く放尿に腰をよじり、彼の口に泡立つ音を聞くたびビクリと内腿が震えた。

治郎は必死に受け止め、顔中が温かくビショビショになり、鼻にまで入りそうになるのを避けながら味わった。

ようやく熱い流れの勢いが弱まると、間もなく治まり、あとはポタポタと滴るだけになった。その雫にも新たな愛液が混じり、ツツーッと淫らに糸を引いて滴ってきた。

彼は余りの雫をすすり、残り香に噎せ返りながら割れ目を舐め回した。

「ああ……、もういいわ……」

香澄が言い、懸命に股間を引き離し、顔が穴に落ちないよう治郎を抱き起こしてくれた。そして彼の顔を拭いてから、穴の縁に滴った分も念入りに清めて蓋を閉めた。

布団に戻って添い寝してからも、香澄は彼の顔や髪をティッシュで丁寧に拭いてくれた。

「ああ、匂いが残るわ……」

香澄は、ようやく乾いた彼の顔を嗅いで言った。ここでは朝まで水も浴びられないのである。

さらに彼女は治郎の顔中に舌を這わせ、唾液で清めながら何度も拭いてくれたのだ。オシッコの匂いは消えても、唾液と吐息の匂いに治郎は激しく勃起していった。

「飲ませて……」

顔を引き寄せて言うと、香澄も口移しにトロトロと大量の唾液を注ぎ込んでくれた。かがりのように自在に唾液を分泌できるようで、彼はうっとりと味わい、何度も喉を鳴らして飲み込み、甘美な悦びで胸を満たした。

「ね、もう一度したい……」

「いいわ、今度は上になりなさい」

言うと香澄が答え、仰向けに身を投げ出してくれた。

治郎は身を起こし、開かれた股間に進み、幹に指を添えて先端を押し付け、愛液のヌメリを与えてから膣口に挿入していった。

ヌルヌルッと一気に根元まで貫くと、

「アアッ……！」

香澄が喘ぎ、彼も股間を密着させて身を重ねた。

彼女は下から両手を回してしがみつき、治郎も温もりと感触を味わいながら胸で弾力ある乳房を押しつぶした。

そして香澄の開いた口に鼻を押し込み、濃厚な花粉臭の吐息で胸を満たしながら、最初から激しく腰を突き動かした。

「ああ……、いい気持ち、すぐまたいきそう……」

香澄が喘ぎ、ズンズンと下からも股間を突き上げ、互いの動きが一致していった。治郎も急激に高まって、肉襞の摩擦と悩ましい吐息の匂いに激しく昇り詰めてしまった。

「く……！」

快感に呻きながら、ありったけの熱いザーメンをドクンドクンと注入すると、

「あう、いい……！」

香澄も呻き、膣内の収縮を最高潮にさせながら激しいオルガスムスに達していっていたのだった。治郎は心ゆくまで大きな快感を嚙み締め、最後の一滴まで憧れの彼女の内部に出し尽くしていった。

3

（そうだ。お堂の中だったんだ……）

治郎が目を覚ますと、三面の壁の棚に並んで立てられた夥しい蠟燭も、だいぶ

短くなっていた。明け方近いのか、戸の隙間からは鉛色の空の光が微かに見えて

いた。

彼の隣では、香澄が軽やかな寝息を立てて眠っていたが、彼が目覚めた気配を

感じたか、すぐに目を開いた。もちろん互いに全裸のまま、身を寄せ合って眠っ

ていたのだ。

「起きたのね」

「ええ、でももう少しこうしていたい」

治郎は答え、甘えるように腕枕してもらった。メガネを外している彼女の顔も

新鮮である。

朝立ちの勢いもあり、彼自身はピンピンに屹立していた。

そして香澄の吐息は寝起きで匂いが濃厚になり、その刺激が鼻腔から胸に悩ましく沁み込んできた。

「ああ、息がいい匂い……」

「嘘よ、そんなの……」

口に鼻を寄せて言うと、香澄は恥じらうように顔を背けながらも彼の顔を胸に抱いてくれた。

「しゃぶって……」

それでも香澄の口に鼻を押し付けて言うと、彼女も鼻の頭や両の穴をチロチロと舐め回してくれた。

「ああ、気持ちいい……」

濃い花粉臭の匂いと唾液のヌメリに喘ぎ、彼は激しく高まっていった。

香澄の手を握ってペニスに導くと、彼女もニギニギと愛撫してくれた。

「ああ、お口でして……、僕の顔も跨いで……」

治郎が仰向けになって言うと、香澄もすぐに移動してペニスにしゃぶり付き、女上位のシックスナインで彼の顔に跨がってきた。

彼は下から両手で腰を抱き寄せ、潜り込むようにして恥毛に籠もった匂いを名残惜しげに貪った。何しろ外に出ればすぐ入浴だろうから、こんなに濃い匂いを嗅げるのは最後なのだ。

そして割れ目を舐め回すと、すぐにも熱い愛液が溢れてきた。

「ンンッ……」

クリトリスを舐めると、喉の奥までペニスを含んでいた香澄が呻き、反射的にチュッと吸い付きながら、熱い鼻息で陰嚢をくすぐった。

舌を動かしながら見上げると、可憐な肛門もヒクヒクと収縮し、唾液にまみれた彼自身は最大限に膨張していった。

飲んでもらうのも魅力だが、香澄は中出しを求めているだろうし、治郎もまた女上位で交わって果てたかった。

「ダメ……」

感じて集中できないように、香澄が口を離し、尻をくねらせて言った。

治郎が舌を引っ込めると、彼女ももう一度含んでスポスポと摩擦し、やがて身を起こして向き直った。

「いい？　上からで……」

「ええ、もちろん」

香澄が跨がって言い、彼が答えるとすぐ先端に割れ目を押し当て、ヌルヌルッと根元まで嵌め込んでいった。彼女も、上の方が自在に動けて好きなのかも知れない。

「アアッ……、いい気持ち……」

彼の股間に座り込むと、香澄が顔を仰け反らせて喘ぎ、密着した股間をグリグリと擦り付けてきた。

治郎も温もりと締め付けに包まれ、両手を回して彼女を抱き寄せた。

そして身を重ねた香澄の乳首を吸い、これも名残惜しげに腋の下を嗅ぐと甘ったるい体臭で胸を満たした。

乳首と腋を充分に味わうと、治郎は唇を重ねてもらい、ネットリと舌をからめながら、ズンズンと股間を突き上げはじめた。

「ああ……、奥まで響くわ……」

香澄が口を離して言い、収縮を強めて高まった。

治郎は熱く濃厚な吐息に酔いしれながら、心地よい摩擦でジワジワと絶頂を迫らせていった。

　すると、今度は先に香澄がオルガスムスに達してしまったのだった。

「い、いい……、アアーッ……！」

　声を上げてガクガク痙攣し、吸い込むような収縮がたちまち彼も昇り詰めさせてしまった。

「き、気持ちいい、先生……」

　治郎は快感に口走りながら、熱いザーメンを思い切り注入した。

「あう、もっと……！」

　噴出を感じた香澄が駄目押しの快感に呻き、締め付けと収縮を強めていった。

　治郎は快感を嚙み締め、心置きなく最後の一滴まで出し尽くし、強ばりを解いて身を投げ出した。

　これで香澄が妊娠しても、自分はその子に会えるのだろうかと、彼は少し不安になった。

　どちらにしても、里の女性が案内してくれない限り、彼一人ではここまで来られないのである。

「アア、良かったわ……」

やがて身を震わせていた香澄も言い、力尽きたようにグッタリともたれかかってきた。まだキュッキュッと締まる刺激の中、治郎はヒクヒクと過敏に幹を震わせ、濃い吐息を嗅ぎながら余韻に浸り込んでいった。

重なったまま呼吸を整え、溶けて混じり合うほどの時間を過ごしてから、ようやく香澄がそろそろと身を起こした。

そして互いの股間を拭うと、そのとき外から足音が聞こえ、錠が外された。

戸が開かれると、朝の光とともに蟬の声が流れ込んできた。

「お早うございます。お疲れ様でした。どうぞ」

巫女姿の摩利香が言い、恭しく二人分の浴衣を差し出してきた。

それを二人で着込んでいる間に、摩利香が全ての蠟燭の火を消して回り、ゴミ箱の中身を包みに入れて布団を畳んだ。

やがて三人でお堂を出て、本殿を抜けて階段を下りた。

境内には誰もおらず、蟬の声以外に聞こえるものはない。

そして三人が社務所へ入ると、部屋に料理が準備されていた。

そういえば何とも空腹で、二人は座って質素な朝餉を前にした。

治郎は熱い味噌汁をすすり、漬け物と干物の実に旨い朝食を食べ終えた。

食事を済ませると、二人は湯殿に行き、また全裸になって体を洗った。

治郎は股間を洗ってから湯に浸かったが、香澄は髪を洗いはじめ、時間がかかるようだ。

「先に出ていなさい」

香澄に言われ、治郎もまた催しそうになるのを我慢し、先に風呂を上がった。

身体を拭いて浴衣を着ると、

「昼過ぎに弥山庵で全員の集会があるので、それまで家に帰っていて良い」

摩利香が出てきて言った。

弥山庵というのは、神社の隣にある里の集会場のことだろう。

そういえば祭の後に、次の生き神を決めるというので、そのための集まりがあるようだった。

そして治郎は巫女姿の彼女を見ると、また股間が疼いてきてしまった。

「ね、勃っちゃった……」

治郎はテントを張った股間を突き出しながら、甘えるように言った。

「一晩中したというのに……」

摩利香が、呆れたように嘆息して言った。

「この里の料理には、何か精力剤のようなものでも入っているんですか？」

治郎は気になっていたことを訊いてみた。いかに童貞が美女ばかりの里に来たとはいえ、あまりの回数をこなしながら疲労もなく、ザーメンの量も快感も常に絶大なのである。

「そんなものは入れていない。ただ里の女の匂いが天然の媚薬となるらしい。かつて戦国の頃は、その力で敵の男たちを籠絡(ろうらく)したと伝えられる」

摩利香が答える。では薬草などではなく、男を惑わす里の女性のフェロモンがあまりに強力なようだった。

では治郎が、かがりと交わったときの印象は正解だったのだ。

「私もしたいが、集会の準備があるのであまり時間がない。口で良ければ吸い出してやるが」

「ほ、本当？」

治郎は言い、さらに勃起を増しながら摩利香と一緒に部屋に入った。

香澄は三日分の汚れを洗うため、まだまだ風呂から出てこないだろう。

「私は脱がぬが、どうすれば良い」

摩利香が言うので、治郎も畳まれている布団を勝手に敷き延べ、手早く全裸になって仰向けになった。

「お口は最後にして、いきそうになるまで指でして……」

「何とも世話が焼ける。緋袴(ひばかま)を汚さないでくれ」

せがむと、摩利香は言いながらも添い寝してきてくれた。

4

「ああ、気持ちいい……」

添い寝した摩利香にニギニギとペニスを愛撫され、治郎は快感に喘いだ。

「熱い息を吐きかけて……、ああ、昨日より匂いが薄い……」

摩利香に息をかけてもらい、嗅いだが淡いシナモン臭がしているだけだ。

「濃い方が好きなのだな。さすがに生き神が選んだ男」

摩利香が答え、リズミカルに幹をしごきながら何度も吐息を嗅がせてくれた。

「ね、顔に跨がって。トイレに入る格好なら脱がずに済むでしょう」

「ダメだ。指か口が嫌なら止す」

「わ、分かりました。じゃせめて唾を……」

治郎が幹を震わせて言うと、摩利香も形良い唇をすぼめ、彼の口にトロトロと大量の唾液を吐き出してくれた。

治郎は舌に受けて味わい、巫女の生温かな唾液でうっとりと喉を潤した。

「もう良かろう」

彼女は言って手を離し、治郎の股間に移動した。そして大股開きにさせて真ん中に腹這い、白い顔を迫らせてきた。

「生き神と交わった一物……」

摩利香が何やら口の中で唱え、軽く柏手(かしわで)を打った。何やら治郎は、自分のペニスがご神体にでもなったような、くすぐったい気持ちになった。

「目をそらさずに」

摩利香は言うと、股間からじっと切れ長の目を彼に向けながら幹に指を添えて先端にヌラヌラと舌を這わせ、張り詰めた亀頭をしゃぶり、そのままスッポリと喉の奥まで呑み込んでいった。

治郎も、必死に視線を合わせながら快感に高まった。

きつい眼差しと目を合わせていると、実に興奮が増した。彼女も舌をからめ、スポスポと摩擦しながらも彼から執拗に視線を逸らさなかった。

「い、いきそう……」

見つめ合っていると急激に絶頂が迫り、たちまち治郎は美しく妖しい巫女の吸引と摩擦、舌の蠢きに昇り詰めてしまった。

「い、いく……、アアッ、気持ちいい……！」

治郎は快感に身をよじって喘ぎ、まだこんなにも残っていたかと思えるほど大量のザーメンを、ドクンドクンと勢いよくほとばしらせた。

「ンン……」

喉を直撃されて小さく呻きながらも、摩利香は熱い視線を向け、濃厚な摩擦による愛撫を続行していた。

治郎は身をくねらせながら、心置きなく最後の一滴まで、神聖な巫女姿の摩利香の口に出し尽くしてしまったのだった。

全身の強ばりを解くと、ようやく摩利香も動きを止め、なおも股間から彼を見つめ、亀頭を含んだまま口の中のものをゴクリと飲み込んでくれた。

「あう……」

喉が鳴ると同時に口腔がキュッと締まり、彼は駄目押しの快感に呻き、幹をピクンと震わせた。すると摩利香も口を離し、なおも幹をしごきながら尿道口に膨らむ余りの雫までペロペロと舐め取ってくれた。

「く……、も、もういいです、有難うございました……」

治郎が過敏にヒクヒクと反応しながら降参すると、摩利香も舌を引っ込めてくれ、チロリと舌なめずりして顔を上げたのだった。

「ああ、気持ち良かった……」

彼がグッタリと身を投げ出して言い、荒い呼吸を繰り返していると、摩利香が立ち上がった。

「では私は仕度をするので、まずは滝沢家へ」

「わ、分かりました……」

摩利香は言い、彼が横になったまま答えると、すぐ彼女は部屋を出て行った。

やがて息遣いと動悸が治まると、治郎もそろそろと身を起こした。ペニスは、全てのヌメリを舐められて綺麗になっていた。

立ち上がって浴衣を着ると、元通り布団を畳んだ。

(そうか、里の女性のフェロモンが媚薬か……)

治郎は思いながら社務所を出ると、蟬時雨の境内を横切った。

では里の女性とすればするほど、精力が無限大に増強されていくのだろう。こんなことで、東京に戻ったらどうなるのかと彼は思った。

神社を出て隣を見ると、確かに弥山庵と額に書かれた建物があり、すでに里の女性たちが集まって午後の準備をしているようだった。

やがて滝沢家に戻ると、あかりや小夜子も手伝いに出向いているらしく、いるのはかがり一人だった。

「お帰りなさい」

かがりが浴衣姿で迎えてくれ、颯爽たる和風の美熟女を見るなり治郎の股間が熱く疼いてしまった。

まだ昼食には早い。彼女が茶を入れてくれようとしたので押し止め、

「あの、お部屋にいいですか」

真っ昼間だが、他に誰もいないので彼は言った。

かがりも、彼の淫気を察したように、すぐ彼の部屋に来ると隅に畳まれた布団を敷き延べてくれたのだった。

5

「香澄さんと会って一晩過ごせたのね」

「はい、すごく嬉しかったです」

かがりが、全て分かっているように浴衣の帯を解きながら言うので、治郎も答え、勃起しながら脱いでいった。

たちまち互いに全裸になると、布団に横たわった。

窓も開けっ放しだが、里の女性全員が今は神社か弥山庵に集まっていることだろう。

昨夜も祭の後なので彼女たちは遅くまで宴会だったらしく、今日も皆で集まり弥山庵で一緒に昼食でも摂(と)るらしい。

そして全員が治郎によって満足するまでが、祭の一環なのだろう。

だから今日の午後も多くの女性を相手にしなければならないのだろうが、治郎は目の前にある熟れ肌に密着していった。

巨乳に顔を埋め込み、乳首を含んで舐め回し、もう片方を指で探った。

弾むような柔肌の感触と、甘ったるい体臭に刺激され、彼自身は最大限に膨張していった。確かに、濃い体臭が刺激剤となり、彼の身の内に精力が漲(みなぎ)ってくるようだ。

かがりも仰向けの受け身体勢になり、優しく彼の髪を撫でながら好きにさせてくれた。

治郎は左右の乳首に吸い付いては舌で転がし、色っぽい腋毛のある腋の下にも鼻を埋め、濃厚に甘ったるい汗の匂いに噎せ返った。

胸いっぱいに嗅いでから白く滑らかな肌を舐め下り、豊満な腰のラインから脚を舐め下りていった。

体毛のある脛をたどり、足裏にも舌を這わせて指の間に鼻を押し付け、蒸れた匂いを貪って舌を這わせ、汗と脂の湿り気を味わった。

両足とも味と匂いを堪能してから股を開かせ、脚の内側を舐め上げて股間に迫っていった。

ムッチリと張りのある内腿を舌でたどり、股間に鼻を寄せると匂いを含んで熱気と湿り気が感じられた。

はみ出した陰唇を指で左右に広げると、すでに中は大量の愛液が溢れていた。

治郎は顔を埋め込み、柔らかな茂みに籠もる汗とオシッコの匂いで鼻腔を満たし、舌を挿し入れ、かつてあかりが産まれ出てきた膣口の襞をクチュクチュと掻き回した。

そのまま大きめのクリトリスまで舐め上げていくと、

「アア……」

ようやくかがりが熱く喘ぎ、内腿でキュッと彼の顔を挟み付けてきた。

治郎は悩ましい匂いに酔いしれながら執拗にクリトリスを舐め回しては、溢れるヌメリをすすり、さらに彼女の両脚を浮かせ、白く豊満な尻の谷間に移動していった。

艶めかしく僅かに突き出たピンクの蕾に鼻を埋め、蒸れた匂いを充分に嗅いでから舌を這わせた。充分に濡らしてからヌルッと潜り込ませ、滑らかな粘膜を舐め回すと、

「く……」

かがりが呻き、モグモグと肛門を収縮させて舌先を締め付けた。

治郎は舌を蠢かせ、ようやく彼女の脚を下ろすと、再び割れ目に鼻と口を埋め込んでいった。

そして左手の人差し指を唾液に濡れた肛門に浅く潜り込ませ、右手の二本の指を膣口に挿し入れ、さらにクリトリスに吸い付きながら、それぞれの指で小刻みに内壁を摩擦した。

「ああ……、いい気持ち……」

かがりが三箇所を愛撫されて喘ぎ、白い下腹をヒクヒクと波打たせ、前後の穴

できつく指を締め付けてきた。

アナルセックスも出来たのだから、構わず肛門に入れた指もズブズブと根元まで押し込んで蠢かせ、膣内の二本の指も肉襞を擦り、指の腹では天井のＧスポットも刺激した。

腹這いで両手を縮めているので腕が痺れそうになるが、美熟女が感じてくれる方が嬉しく、彼も熱を込めてそれぞれの指を動かし、匂いを貪りながらクリトリスを舐め回した。

とびきり名器の膣内が妖しく蠢動（しゅんどう）して締まり、連動するように肛門も収縮を繰り返すと、何やら彼の指が射精してしまうほど感じてしまった。

「は、早く入れたいわ……」

かがりが腰をくねらせ、せがんできた。

治郎も舌を引っ込め、ようやく前後の穴からヌルッと指を引き抜いた。

膣内にあった二本の指は攪拌（かくはん）されて白っぽく濁った愛液にまみれ、指の間には膜が張って、指の腹は湯上がりのようにふやけてシワになっていた。

肛門に入っていた指にはもちろん汚れの付着はなく、爪にも曇りはなかったが生々しい匂いが感じられた。

「ね、入れる前にお口でして……」

治郎が言って股間を這い出し、仰向けになっていくと、かがりもすぐ身を起こして移動した。

股を広げると彼女は腹這いになりながら治郎の両脚を浮かせ、尻の谷間から舐め回してくれた。

「あう……」

ヌルッと長い舌が潜り込むと、治郎は美熟女に犯されたようにビクリと反応して呻き、股間に熱い息を感じながら快感に身を委ねた。

中で舌が蠢くたび、彼はキュッキュッと肛門を締め付けて味わいながら、勃起したペニスをヒクヒクと上下に震わせた。

やがて脚が下ろされると、かがりは陰嚢にしゃぶり付いてきた。

二つの睾丸が転がされ、袋全体が生温かな唾液にまみれると、さらに彼女は胸を突き出し、何と巨乳の谷間で幹を挟み、両側から手で押し付けて揉んでくれたのだ。

「ああ、気持ちいい……」

治郎は柔らかな巨乳によるパイズリに喘ぎ、肌の温もりと弾力の中で心地よくペニスを震わせた。

ようやく乳房を離すと、かがりは肉棒の裏側を舐め上げ、粘液の滲む尿道口をチロチロと舐め、張り詰めた亀頭をしゃぶってから、丸く開いた口でスッポリと喉の奥まで呑み込んでいった。

温かく濡れた口腔に根元まで深々と納めると、彼女は上気した頬をすぼめて吸い付き、熱い鼻息で恥毛をそよがせながら、口の中ではクチュクチュと念入りに長い舌がからみついてきた。

快感に任せてズンズンと股間を突き上げると、かがりも顔を上下させ、濡れた唇でスポスポとリズミカルな摩擦を繰り返してくれた。

「い、いきそう……」

すっかり高まった治郎が言うと、彼女もスポンと口を引き離した。

身を起こして前進し、彼の股間に跨がると、かがりは先端に割れ目を押し当てて、ゆっくりと腰を沈み込ませていった。

「アアッ……！」

ヌルヌルッと根元まで膣口に呑み込むと、かがりが完全に股間を密着させて座り込み、顔を仰け反らせて喘いだ。

治郎も股間に美熟女の尻の丸みと重みを受け、快適な膣内で幹を震わせながら快感を味わった。

名器だけあり、膣内の収縮と蠢きは誰よりも艶めかしく、律動しなくても彼は急激に高まっていった。

やがてかがりが身を重ね、彼の肩に腕を回し、肌の前面を密着させてきた。

治郎も両膝を立てて豊満な尻を支え、下から両手でしがみつきながら唇を求めていった。

「ンン……」

かがりも舌をからめながら熱く鼻を鳴らし、息で彼の顔中を湿らせた。

彼が股間を突き上げはじめると、かがりも腰を遣い、たちまち互いの動きが一致し、いつしか股間をぶつけ合うほど激しくなっていった。

大量に溢れる愛液が律動を滑らかにさせ、クチュクチュと湿った摩擦音が聞こえてくると、

「ああ……、いい気持ち……」

かがりが口を離し、唾液の糸で互いの唇を結びながら喘いだ。

口から洩れる吐息を嗅ぐと、熱い湿り気は今日も濃厚な白粉臭を含んで彼の鼻

腔を悩ましく刺激してきた。

「唾を垂らして……」

動きながら言うと、かがりも形良い唇をすぼめて迫り、白っぽく小泡の多い唾液をトロトロと大量に吐き出してくれた。唾液で口中を洗う術に長けているからいくらでも分泌されるようだ。

舌に受けて味わい、彼は生温かなシロップでうっとりと喉を潤し、甘美な悦びで胸を満たした。

さらに彼は、かがりの下の歯を鼻の下に引っかけてもらい、口の中の熱気を胸いっぱいに嗅ぎ、悩ましい匂いに鼻腔を刺激されながら突き上げると、たちまち絶頂に達してしまった。

「あう、気持ちいい……！」

快感に口走りながら、ありったけの熱いザーメンをドクンドクンと勢いよくほとばしらせると、

「い、いく……、アアーッ……！」

かがりも声を震わせ、ガクガクと狂おしい痙攣を開始しながら激しくオルガスムスに達してしまった。

収縮と締め付けが高まり、仰向けなので押し出される心配もなく、彼女も巧みに腰を動かしながら最後の一滴まで吸い取ってくれた。

「ああ……」

治郎は満足しながら声を洩らし、徐々に突き上げを弱めていくと、かがりも動きを止めてヒクヒクと熟れ肌を震わせて体重を預けてきた。

彼は息づく膣内でヒクヒクと過敏に幹を震わせ、熱くかぐわしい吐息を嗅ぎながら、うっとりと余韻に浸り込んでいった。

「良かったわ。この調子で午後も頑張ってね」

かがりが熱く息を弾ませて囁き、そろそろと股間を引き離していった。

そしてティッシュで軽くペニスを拭うと彼女は立ち上がり、

「湯を浴びるのは出がけでいいわ。少し休んでいて」

言うと浴衣を持って部屋を出て行った。締まりが良いので、拭かなくても途中でザーメンが垂れることはないのかも知れない。

彼はそのまま目を閉じ、呼吸を整えた。しかし、もう眠ることはなく、やがてかがりも風呂を出て昼食の仕度にかかったようなので、それが出来る頃に治郎は起きて浴衣を着た。

もちろん疲れは全くなく、むしろ午後への期待に胸が弾んでいた。

やはり男というものは、媚薬などなくても、相手さえ替われば何度でも出来る生き物なのかも知れない。

部屋を出ると、かがりに昼食に呼ばれ、彼はパンにハンバーグ、生野菜サラダにスープと牛乳の昼食を終えた。

そして風呂場で湯を浴びて歯を磨き、かがりが出してくれた洗濯済みの浴衣を着て帯を締めた。

昼過ぎである。

「じゃ、一緒にいきましょうね」

かがりが言い、彼も下駄を突っかけて外に出た。今日も陽射しが強く蟬の声がやかましいが、風もあって実にこの里は快適だった。

かがりも、特に家を施錠もせずに出て歩いた。

そして弥山庵に着いて入ると、中には十数人の女性たちが全員揃って彼の方を見た。

窓は開いているが、畳敷きの大広間には生ぬるく甘ったるい美女たちの混じり合った体臭が濃厚に立ち籠めていた。

ここは集会に使う公共の場所で、娘たちも年頃になると一同が集い、性教育なども受けるらしい。ときに合宿も行うため、厨房や大浴場も備えられているようだった。

正面に浴衣姿の香澄が座し、治郎も呼ばれてその隣に座った。

見渡すと、巫女姿の摩利香以外は全員が浴衣である。最年長のかがりが四十前後、最年少のあかりが十八、あとの大部分はその間の二、三十代で、みな見目(みめ)麗(うるわ)しい美女たちばかりだった。

「では、みな揃ったので発表します。五年後の生き神は」

香澄が言うと、みな息を呑んで静まりかえった。

「小夜子」

その言葉に一同が嘆息し、呼ばれた小夜子がビクリと身じろいだ。

「私が三日間お籠もりし、祈りを捧げて選びました。小夜子は里を出て五年間、町で暮らして男を選ぶように。では解散」

香澄が言うと、緊張気味に小夜子が立ち上がり、かがり、あかり、摩利香たちと広間を出ていった。

どうやら性の饗宴(きようえん)は、まだ治郎が触れていない十人ばかりの面々だけで行われるようであった。

第五章　女体地獄に溺れて

1

「残る生娘は三人だけです。では、あとは皆の流れの中で」

香澄が治郎に言い、広間を出ていった。残るは美女が十人。

すると彼女たちは手分けをし、畳敷きの部屋に修学旅行のように敷き布団だけ並べて敷き詰めていった。

そして隅で浴衣を脱ぎ、たちまち全裸になっていったのだ。

二十歳前後が三人、あとは三十代前半から半ばまでだ。

「治郎さんも脱いで」

誰かに言われ、彼も帯を解いて浴衣を脱ぐと、すでに勃起したペニスが露わになった。

「わあ、頼もしいわ。早くしたい……」

「でも生娘からよ、決まりだから」

一人が言うと別の娘が窘め、やがて彼は真ん中に仰向けになるよう言われ、その通りにした。

すると、処女らしい三人が、まず彼を取り囲んできた。

真弓、志乃、桜子と名乗り、見ると雅楽の演奏をしていた面々だった。

桜子は笑窪が愛らしく、真弓と志乃も初々しい美形で、みな興奮と期待に頬を水蜜桃のように染めている。

すると、すぐにも三人のうち桜子が、彼の顔に屈み込んで唇を重ね、残る二人は彼の爪先にしゃぶり付いてきた。

「ウ……」

治郎は三人がかりの愛撫に呻いた。

どうやら段取りや順番などは三人で決めていたらしく、他の七人は周囲から見守り、中には女同士で乳房を探り合い、淫気を高めているものもいた。

桜子が舌を挿し入れ、チロチロとからめてきたので、治郎も滑らかに蠢く処女の舌を味わった。

真弓と志乃も、ためらいなく彼の両足をしゃぶり、全ての指の股にヌルッと舌を割り込ませてきた。

生娘に爪先をしゃぶられるなど申し訳ない気がするが、別に彼を悦ばせるためというより、自分たちの欲望で積極的に賞味しているようだ。

生温かな泥濘でも踏むような心地で、しかも三人がかりなので彼は激しい興奮と快感に包まれた。

ただ受け身になっているのも芸がないので、治郎は桜子の乳房に触れ、指先で乳首を弄んだ。

「アアッ……！」

桜子が口を離して熱く喘ぎ、あかりに似た濃厚な甘酸っぱい吐息を震わせた。

そのまま彼は桜子の体を引き寄せ、チュッと乳首に吸い付いて舌で転がし、顔中で膨らみを味わった。

胸元や腋からは、生ぬるく甘ったるい汗の匂いが濃厚に漂ってきた。

昨夜は遅くまで宴会をしながらも、今日は朝から皆で分担して農作業や家畜の世話をしてきたようだった。いかに祭の最中とはいえ、彼女たちに休日はないのだろう。

両足を舐めていた二人も口を離すと、彼を大股開きにさせて脚の内側を舐め上げてきた。

治郎は桜子の両の乳首を味わい、腋の下にも鼻を埋めると、そこに和毛はなくスベスベだったから、やはりあかりのように里を出て短大にでも行っているのだろう。

それでも甘ったるい濃厚な汗の匂いが馥郁と籠もり、胸に沁み込んだ刺激が勃起したペニスに伝わっていった。

「足を……」

言って桜子を横に座らせると、彼は足首を掴んで爪先を引き寄せた。そして指の股に鼻を埋め込み、汗と湿り気に湿ってムレムレになった匂いを貪った。

その間も、真弓と志乃は内腿にまで達し、ときにキュッと歯を立てて甘美な刺激を与えてくれながら、頰を寄せ合って股間に迫ってきた。

「跨いで」

治郎は桜子の両足とも、味と匂いを堪能してから言い、腰を引き寄せた。

すると桜子も恐る恐る身を起こして彼の顔に跨がり、和式トイレスタイルでしゃがみ込んでくれた。

脚がM字になると、健康的な肉づきを持つ内腿が、さらにムッチリと量感を増して張り詰めた。ぷっくりした割れ目からはピンクの花びらがはみ出し、恥毛は楚々と煙っていた。

指で広げると、清らかな柔肉は大量の蜜に潤っていた。処女の膣口が濡れて息づき、小粒のクリトリスも綺麗な光沢を放っている。

「アア、恥ずかしい……」

桜子が、真下からの熱い視線と息を感じて声を震わせた。

やはり、張り型で挿入快感を知っていても、生身の男に対するのは格別な思いがあるのだろう。

腰を抱き寄せて恥毛に鼻を埋めると、やはり隅々には濃厚に蒸れた汗とオシッコの匂いが沁み付き、悩ましく鼻腔を刺激してきた。

そうしている間にも、彼の両脚が浮かされ、真弓と志乃が代わる代わる彼の肛門を舐め、ヌルッと潜り込ませてきた。

「く……」

彼は妖しい快感に呻きながら、交互に侵入する処女たちの舌先をキュッキュッと肛門で締め付けた。

立て続けに愛撫されるうえ、顔に桜子が跨がっているから見えないので、どちらの舌か分からないが、どちらも執拗に中で蠢いて何ともゾクゾクするほど心地よかった。

治郎も桜子の匂いに噎せ返りながら舌を挿し入れ、熱い愛液を掻き回し、膣口からクリトリスまで舐め上げていった。

「アアッ……」

桜子が熱く喘ぎ、思わずキュッと座り込んできた。

「いいな、早く舐められたい……」

見ている七人も目を凝らして見守り、熱く囁き合いながら女同士で慰め合っていた。もちろん果てるほど強烈な愛撫ではなく、あくまでも本当の快感のための下準備だろう。

すると彼の脚が下ろされ、真弓と志乃は顔を寄せ合って陰嚢をしゃぶり、股間に混じり合った息が熱く籠もった。

治郎は充分に桜子のクリトリスを舐めては溢れる蜜をすすり、尻の真下にも潜り込んでいった。

谷間の可憐な蕾に鼻を埋めると、やはり蒸れて生々しい匂いが籠もっていた。

彼は顔中に弾力ある双丘を受け止めながら秘めやかな匂いを貪り、舌を這わせてヌルッと潜り込ませた。

「あう……」

桜子が呻き、キュッと肛門で舌先を締め付けてきた。

するると股間の二人も、いよいよペニスを舐め上げ、代わる代わる粘液の滲む尿道口をチロチロとしゃぶり、張り詰めた亀頭にも一緒になって舌を這い回らせてきた。

そして交互にスッポリ含んでは、吸い付きながらチュパッと引き抜いた。

それが何度も繰り返され、舌をからめられると、たちまちペニスは二人分のミックス唾液でヌルヌルにまみれた。

「い、いきそう……」

桜子の肛門内部を舐め回していた治郎が、口を離して言うと、すぐにも真弓と志乃は口を離して顔を上げた。

「じゃ、桜子、入れていいわ」

真弓が言うと、桜子は仰向けの彼の顔から股間を引き離し、そろそろと移動していった。

桜子が跨がると、左右から二人が支えながら跨がせ、真弓はご丁寧にも幹に指を添えて、先端を桜子の割れ目に押し当ててやっていた。

そして彼女が腰を沈み込ませていくと、張り詰めた亀頭が処女膜を丸く押し広げ、彼自身はヌルヌルッと滑らかに根元まで呑み込まれていった。

「アアッ……、いい……」

桜子が顔を仰け反らせて喘ぎ、股間を密着させながらキュッときつく締め上げてきた。さすがに締まりが良く、彼も熱く濡れた膣内で快感にヒクヒクと幹を震わせた。

すると挿入を見届けた二人が、左右から彼の乳首に吸い付き、熱い息で肌をくすぐりながらチロチロと舌を這わせてきた。

「か、噛んで……」

治郎が言うと、二人も綺麗な歯並びでキュッキュッと咀嚼するように両の乳首を刺激してくれた。

「あう、気持ちいい、もっと強く……」

彼がせがむと二人もやや力を込めて左右の乳首を噛み、座り込んだ桜子も徐々に腰を上下させはじめていった。

治郎もズンズンと股間を突き上げはじめると、締め付けと肉襞の摩擦で急激に絶頂が迫ってきた。

今日も朝から何度も射精しているのに、こうして新鮮なフェロモンを吸収すると、無尽蔵に淫気が湧き上がってくるのである。

しかも我慢して彼女が果てるのを待ち、二人目に臨むということも出来ない。

何しろ妊娠が目的だから、全員に中出ししなければならないのである。

だから彼は我慢することをせず、突き上げを強めながら左右の彼女たちの顔を引き寄せ、同時に唇を重ねてもらったのだった。

2

「い、いい気持ち……、いきそうよ……」

桜子が喘ぎ、上体を起こしていられないように身を重ねてきた。

治郎は、左右から真弓と志乃、上から迫る桜子の舌を、それぞれ貪るように舐め回した。

処女たち三人と同時に舌をからめるなど、何という贅沢な快感であろう。

三人分の混じり合った熱い息に、顔中が湿り気を帯びた。

「唾を出して……」

言うと、喘いでいる桜子は懸命に分泌させ、左右の二人はたっぷりと唾液を垂らしてくれた。治郎は三人分の生温かく清らかな唾液を味わい、うっとりと喉を潤した。

それぞれの口に鼻を押し付けて吐息を嗅ぐと、みな甘酸っぱい果実臭だが微妙に異なり、桜子はイチゴ、真弓はリンゴ、志乃は桃のような匂いを含み、それがミックスされて悩ましく鼻腔を刺激した。

「か、顔中ヌルヌルにして……」

言うと左右の二人は彼の両耳や頰をヌラヌラと舐め回し、絶頂寸前の桜子は懸命に彼の鼻を舐めながらも熱く喘いでいた。

そして収縮と潤いが増すと、治郎は三人分の唾液と吐息、心地よい摩擦の中で昇り詰め、

「い、いく……！」

大きな快感に口走りながら、熱い大量のザーメンをドクンドクンと勢いよくほとばしらせてしまった。

「あう、熱いわ、いく……、アアーッ……！」

噴出を感じた桜子が声を上ずらせ、ガクガクと狂おしい痙攣を開始すると、周

囲の女性たちも固唾を呑んで見守っていた。

治郎は激しく股間を突き上げて快感を嚙み締め、心置きなく最後の一滴まで出し尽くしていった。

満足しながら力を抜き、徐々に突き上げを弱めていくと、

「アア……」

桜子も力尽きたように声を洩らし、硬直を解いてグッタリともたれかかった。

まだ膣内が収縮し、過敏になった幹がヒクヒクと跳ね上がった。

「あう……」

桜子が呻き、キュッときつく締め上げた。

「気持ち良かったのね」

「ええ……」

志乃が桜子の背を撫でながら言うと、彼女も息を弾ませて小さく答えた。

治郎も身を投げ出し、三人分の甘酸っぱい吐息を間近に嗅ぎながら、うっとりと快感の余韻を味わった。

やがて桜子がそろそろと股間を引き離し、彼の股間に移動して顔を寄せた。

「これがザーメンの匂い……」

まだ朦朧(もうろう)としながら桜子が嗅いで言い、まだ愛液とザーメンにまみれている亀頭にしゃぶり付いてきた。

「く……」

治郎は刺激に呻いたが、チロチロと舌が蠢くたび、彼女の口の中でムクムクと回復しはじめていった。

「さあ、回復の間にしてほしいことはあります?」

真弓が訊いてきた。

「全部舐めたい。足の裏から……」

「いいわ、こう?」

治郎が呼吸を整えながら答えると、真弓は答え、志乃と一緒に立ち上がった。

そして彼の顔の左右に立ち、それぞれ片方の足を浮かせて顔に乗せてくれたのだ。言えば、ためらいなく何でもしてくれるのが嬉しく、たちまち彼は元の硬さと大きさを取り戻していった。

二人分の足裏に舌を這わせ、それぞれの指の股に鼻を割り込ませて嗅いだ。

どちらも生ぬるい汗と脂に湿り、ムレムレの匂いが濃く沁み付いていた。

彼は交互に嗅いでから爪先にしゃぶり付き、全ての指の股を舐め回した。

「あん、くすぐったいわ……」

「でもいい気持ち……」

二人は言いながら足を交代させ、治郎も新鮮な味と匂いを堪能した。

ようやく桜子も気が済んだようにペニスから離れ、見守っている皆の方へ行って横になった。

「跨いで」

二人の足を貪り尽くした彼が言うと、先に真弓が彼の顔に跨がり、しゃがみ込んできた。可憐な顔に似合わず真弓は案外毛深く、恥毛の下の方は溢れるほどの愛液を含んでいた。

陰唇を広げると、クリトリスは小指の先ほどもあって光沢を放ち、腰を抱き寄せて若草に鼻を埋めると、やはり汗とオシッコの匂いがして、それにチーズ臭も混じって鼻腔を搔き回してきた。

嗅ぎながら舌を挿し入れ、淡い酸味のヌメリを搔き回し、膣口の襞からクリトリスまで舐め上げていくと、

「アアッ、いい気持ち、これ、してほしかったの……」

真弓が言って喘ぎ、キュッと割れ目を押し付けてきた。

舌を這わせ、新たに漏れてくる愛液をすすっていると、待っている間の志乃がまたペニスをしゃぶってくれた。

真弓の尻の下にも潜り込み、谷間に閉じられたピンクの蕾に鼻を埋め、蒸れた汗とほのかなビネガー臭を貪ってから舌を這わせた。

「あう、変な感じ……」

ヌルッと潜り込ませ、滑らかで甘苦い粘膜を探ると、真弓がモグモグと肛門で舌先を締め付けながら呻いた。

治郎は充分に真弓の前と後ろを味わい、志乃の口の中で完全に回復した。

「入れたいわ……」

頃合いを察したように真弓が言って股間を離し、彼の上を移動していった。

すると志乃が離れて添い寝し、真弓は彼自身をヌルヌルッと滑らかに膣口に受け入れていった。

「アアッ……、何ていい気持ち……」

真弓がピッタリと股間を密着させて喘ぎ、キュッときつく締め上げてきた。

治郎は両手で真弓を抱き寄せ、潜り込んで左右の乳首を吸い、腋の下にも鼻を埋め込んで、甘ったるい汗の匂いに酔いしれた。

すると真弓が股間を擦り付けるように腰を動かしはじめ、恥毛が柔らかく擦れ合った。

大量に溢れる愛液で、すぐに動きが滑らかになり、クチュクチュと淫らに湿った摩擦音が聞こえてきた。

彼は添い寝している志乃の乳首も含んで舐め回し、腋の下にも鼻を埋めて濃厚な体臭に噎せ返った。

さらに志乃に顔を跨がらせ、濃厚な汗とオシッコの匂いを貪り、舌を這わせてヌメリをすすりながら、ズンズンと股間を突き上げはじめていった。

「アア……、すぐいきそう……」

真弓が喘ぎ、前にしゃがみ込んだ志乃の背にもたれかかり、自分も腰を上下させて動いた。

たちまち収縮が増し、粗相したように大量の愛液が溢れた。

やはり張り型の挿入で絶頂を知っている上、絶大な期待があるから絶頂も早いようである。

「い、いい気持ち……」

彼にクリトリスを舐められている志乃も喘ぎ、トロトロと愛液を漏らした。

さらに治郎は志乃の尻の真下に潜り込んで谷間に鼻を埋め、匂いを味わってから舌を這わせ、ヌルッと潜り込ませると、

「あう……」

志乃は呻き、モグモグと肛門で舌先を締め付けた。

すると真弓が彼より先に昇り詰め、

「い、いっちゃう、中に出して、アアーッ……！」

ガクガクと狂おしい痙攣を開始した。その収縮に巻き込まれ、治郎も志乃の尻に顔を埋めながら絶頂に達した。

「く……！」

快感に呻きながら、ありったけの熱いザーメンをドクンドクンと注入すると、

「あう、もっと……！」

噴出を感じた真弓が駄目押しの快感に呻き、彼を吸い込むようにキュッときつく締め上げてきた。治郎は志乃の前と後ろを味わい、心地よく最後の一滴まで出し尽くしていった。

「ああ……、良かったわ、すごく……」

彼が満足して突き上げを弱めていくと、真弓も声を洩らして全身の強ばりを解

いていった。

　ようやく志乃が股間を離すと、そのまま真弓はもたれかかり、ヒクヒクと膣内を締め上げて荒い呼吸を繰り返した。治郎も重みと温もりを感じて幹を震わせ、余韻に浸り込んでいったのだった。

3

「私の上になって下さい……」

　真弓が離れると、志乃が言った。どうやら正常位が望みらしい。

　治郎も、息を吹き返した真弓にしゃぶってもらい、自分でも信じられないほど早々と回復していった。

　真弓も、ザーメンを味わってから身を離し、横になって休息に入った。

　治郎が身を起こすと、仰向けになった志乃が神妙に目を閉じた。

　これが里に残った、最後の処女である。

　もう一度、彼は屈み込んで若草に鼻を埋め、最後の処女の匂いを貪った。

　そして胸を満たしてから身を起こして股間を進め、先端を濡れた割れ目に擦り付けて位置を定め、ゆっくり挿入していった。

張り詰めた亀頭が処女膜を丸く押し広げて潜り込むと、

「あう……！」

志乃がビクッと顔を仰け反らせて呻き、微かに眉をひそめた。もちろん張り型に慣れているので破瓜の痛みではなく、感無量の反応なのだろう。

ヌルヌルッと滑らかに根元まで押し込み、温もりと感触を味わいながら股間を密着させ、彼は脚を伸ばして身を重ねていった。

胸の下で乳房が押し潰れて心地よく弾み、肌の前面がピッタリと密着した。

志乃も下から両手を回してしがみつき、味わうようにキュッキュッと締め付けてきた。

治郎は上から唇を重ね、熱い息に鼻腔を湿らせながら舌をからめ、徐々に腰を突き動かしはじめていった。

「ンンッ……！」

志乃は熱く呻き、舌をからめながら股間を突き上げてきた。

すると、待ち切れなくなった何人かが迫ってきて、治郎の尻や背中に舌を這わせてきたのである。

何しろ、最後の処女に挿入したのだから、あとは射精だけで体位は変わらないだろう。そのあとは七人と乱交になるだけらしいので、彼女たちも早く治郎に触れたかったようだ。

彼も4Pから始まり、桜子と真弓が順々に離れていったので、少々志乃との一対一は物足りなく思っていたところを愛撫されたから、これで充分過ぎるほど射精が促されることだろう。

だから彼には、他の女性たちの参加は有難いほどだった。

志乃にのしかかって正常位で律動しながら、肛門に別の女性の舌がヌルッと潜り込み、背中にも舌が這い回り、左右からは耳の穴まで舐められた。

（ああ、すごい……）

治郎は全身に美女たちの舌を感じながら、肉襞の摩擦と志乃の吐息に高まっていった。

もう今後一生、こんなにも多くの女性を相手に、際限なく射精するときなど二度とやって来ないだろう。

「アア……、い、いきそう……」

志乃も顔を仰け反らせて喘ぎ、収縮を強めていった。

彼はその口に鼻を押し込み、熟れた桃の実に似た吐息の匂いで胸を満たしながら、何度目かの絶頂に達してしまった。

「く……！」

溶けてしまいそうな快感に呻き、ドクンドクンとありったけの熱いザーメンを勢いよくほとばしらせると、

「き、気持ちいい……、アアーッ……！」

奥深い部分を直撃された志乃も声を上げ、ガクガクと狂おしい痙攣を開始してオルガスムスに達した。最も大人しげに見えたのに、その絶頂は凄まじく、彼を乗せたままガクガクと腰を跳ね上げた。

治郎は心ゆくまで快感を噛み締め、最後の一滴まで出し尽くしていった。

満足して動きを止めると、

「ああ……」

志乃も声を洩らし、グッタリと力を抜いて身を投げ出していった。

これで何とか、三人の処女を満足させることが出来たのだ。

彼は内部でヒクヒクと幹を震わせ、甘酸っぱい吐息を嗅ぎながら余韻を味わうと、ようやく身を離していった。

すると彼は、残る七人に仰向けにされた。

まだ呼吸も整わない志乃は、彼女たちの勢いを恐れるように輪の中から這い出していった。

仰向けになった治郎の全身に、興奮に熱い息を弾ませた七人が、わらわらと激しくまつわりついてきた。まるで、飢えた美しい牝獣たちに貪り食われるようである。

七人となると、最初の4Pの倍以上である。

全員が二、三十代のとびきりの美女ばかりで、中には巨乳もいるし、長髪ばかりでなくショートカットやボブカットもいたが、もう名乗りもせず治郎の全身を貪ってきた。

両足がしゃぶられ、唇が重なって舌がからまり、左右の乳首は元より、ペニスがしゃぶられて脚を浮かされ、肛門にも舌が潜り込んできた。

中には彼の手を取って乳房を揉ませたり、股間に導いて濡れた割れ目をいじらせるものもいた。

彼女たちは、それぞれの治郎の部位をローテーションするように移動しながら舐め回し、乳首を含ませ、もちろん顔にも跨がって順々に割れ目と肛門を舐めさせた。

誰もが濃厚に甘ったるい体臭を漂わせ、股間も汗とオシッコの悩ましい匂いを籠もらせていた。

彼女たちの吐息も、果実臭から花粉臭、さらには微かなオニオン臭やガーリック臭の混じる女性もいて、どれも刺激的で彼の興奮を高めた。むしろ刺激臭が濃いほど、犯されているような悦びが湧いてしまった。

そして三人の処女とするのを見ていたから、彼が好むのを知って足裏も舐めさせ、爪先も念入りにしゃぶらせた。

「ああ、何て可愛い……」

「本当に、皆で食べ尽くしたい……」

彼女たちは口々に言って興奮を高め、とうとう一人目がペニスに跨がり、ヌルヌルッと受け入れながら座り込んできた。

最初の順番は処女からだったが、体験者グループになると、どうやら年上からの取り決めらしい。

「アアッ……、奥まで感じるわ……」

股間を密着させた彼女が熱く喘ぎ、味わうようにモグモグと締め付けてきた。

ペニスが隠れたので、他の女性たちの勢いがいったん治まった。

すると、浴衣を着た桜子と真弓と志乃が、

「有難うございました」

と言って一礼し、大広間を出ていった。

どうやら袂に入れてきた、処女時代にお世話になった張り型を、お堂へ奉納しに行くのだろう。

とにかく治郎は温もりと締め付けを味わいながら、ズンズンと股間を突き上げはじめた。

「あう、いい気持ち、もっと強く……」

彼女が腰を動かして呻き、治郎の胸に両手を突いて上体を反らしながら膣内を収縮させた。

股間が塞がれているので、他の女性たちはなおも彼の乳首や唇、顔中に舌を這わせてきた。たちまち膣内の収縮が高まると、治郎もすっかり激しく絶頂を迫らせてしまった。

「い、いく……、アアーッ……！」

上に乗った彼女が声を上ずらせ、ガクガクと狂おしく痙攣した。

治郎も、大勢に顔中を舐められ、唾液と吐息の匂いの中で昇り詰めた。

快感に呻き、熱いザーメンを放ったが、これが本日何回目かなど分からなくなっていた。

「ああ、出してるのね。もっと頂戴……！」

彼女が飲み込むように膣内を締め付けて喘ぎ、治郎も快感に酔いしれながら、心置きなく最後の一滴まで出し尽くしていった。

「ああ、なんて気持ちいい……」

彼女がようやく満足したように声を洩らし、グッタリと力を抜いていった。

治郎も動きを止め、いつまでも締まる膣内でヒクヒクと過敏に幹を震わせた。

そして彼女が股間を引き離し、横になっていくと、他の女性たちが濡れたペニスをしゃぶり、否応なく強制的に勃起させていった。

もちろん治郎も、何人もの美女たちのフェロモンを吸収し、信じられない勢いでムクムクと回復していったのである。

別の美女が跨がり、根元まで嵌め込んでいった。温もりも感触もみな違い、どれにも彼は大きな快感が得られたが、やはり今のところ、最も名器なのはかがりであった。

「あう……」

やがて治郎は、陽が傾く頃まで、入れ替わり立ち替わり股間に跨がられ、さすがに疲労を感じはじめたのだった。

4

「いったん休憩して、夕食にしましょう」

誰かが言い、治郎も気がつくと窓の外はすっかり夕闇が迫りはじめ、蜩(ひぐらし)の声が聞こえていた。

壁にいくつか並んだ棚に手燭が置かれ、何人かが厨房に行くと、すでに火に掛けられていたらしい豚汁が、丼に入れられて運ばれてきた。

「ね、誰がいちばん好き?」

車座(くるまざ)になって、具材たっぷりの豚汁を食べながら治郎は訊かれた。

「香澄先生……」

彼は蒟蒻(こんにゃく)を飲み込みながら答えた。

「そうよね。生き神様に会いに来たんだからねえ。その次は?」

「あかりさん、初めての人だから」

「そう。まあ確かに私たちはその他大勢だけれど、かがり様も摩利香さんも綺麗だしねえ。でも次の生き神が小夜子というのは意外だったわ」

話を聞くと、誰もが身寄りの無い小夜子ではないと思っていたようだ。

しかし、香澄の選出は絶対のものらしく、それ以上の文句は出なかった。

里に母娘で住んでいるのは、かがりとあかりだけだったが、他の女性たちは小夜子のように身寄りが無いわけではなく、彼女らの親たちは里を出て町で平凡に暮らしているらしい。

あるいは閉経になると、里を出る掟(おきて)でもあるのかも知れない。

やがて豚汁の夕食を終えると、丼が片付けられ、洗い物を終えると四人の女性は順々に風呂で身体を流し、弥山庵から出ていった。

残るは三人の美女である。

どうやら、この三人とだけ、まだ治郎は挿入射精していないようだ。

「あの、一度身体を流したいのですけど」

「いいわ、一緒に入りましょう」

治郎が言うと三人のうちの一人、小百合(さゆり)という二十代前半の女性が答え、四人で風呂場へと行った。

大きな木の浴槽には湯が張られ、簀の子にはバスマットが敷かれていた。

手燭だけで薄暗く広い浴室内には、前に入った女性たちの匂いが甘ったるく濃厚に立ち籠めていた。

三人のうち、二人が長髪で小百合のみボブカットだった。

小百合は、町ではブティックの店員でもしているような感じで、他の二人も清楚な美形である。

「ね、オシッコかけられたい」

治郎はバスマットに座り、三人が身体を流してしまう前に言った。

さすがにセックス三昧の日々を送っているから、もうどんな恥ずかしい要求もためらいなく出来るようになっていた。

「いいわ、これでいいかしら」

小百合が言って彼の正面に立ち、他の二人も左右から彼の肩に跨がり、三人で顔に向けて股間を突き出してくれた。

期待だけで、彼自身はムクムクと最大限に勃起していった。これで三人の体液を吸収すれば、さらなる淫気が湧いてくることだろう。

彼は顔に迫る割れ目に順々に顔を埋め、蒸れて生ぬるい汗とオシッコの匂いを嗅いだ。

それに愛液による生臭い成分も混じり、悩ましく鼻腔が刺激された。これで三人が洗ってしまったら、ナマの匂いは全て消えてしまうだろう。

治郎は順々に舐め回し、惜しむように濃厚な匂いを貪った。

「あう、出るわ……」

右側の女性が言い、間もなくチョロチョロと彼の頬に熱い流れが降り注がれてきた。すると左側の子も放尿をはじめ、間もなく正面の小百合も、最初から勢いを付けて彼の顔に浴びせてくれた。

「ああ……」

治郎は三方からの温かなシャワーを浴び、うっとりと喘ぎながら、順々に顔を向けて舌に受け止めていった。

みな味も匂いも控えめだが、さすがに三人分となるとすっかり濃くなり、彼は酔いしれながら順番に喉を潤して味わった。

「アア、気持ちいいわ……」

三人とも喘ぎながら、遠慮なく勢いを付けて浴びせ、ことさらに彼の顔ばかり狙いを付けてきた。

ようやく順々に勢いが衰えてくると、やがて三人とも放尿を終えてプルンと下半身を震わせた。治郎はポタポタ滴る温かな雫をすすり、残り香の中で皆の割れ目を舐め回した。

「ああ……、感じる……」

三人とも喘ぎながら、正面と左右から彼の顔に股間を押しつけてきた。

新たな愛液が溢れ、彼が味と匂いを貪り尽くすと、やがて三人は股間を引き離して身体を流した。

治郎も湯を浴びて浴槽に入ると、三人も一緒に入り、身を寄せ合いながら浸かった。さすがに四人だと鮨詰め状態で湯が溢れ、それでも気が急くのか、すぐに皆で上がった。

身体を拭き、また四人で広間の布団に戻ると、彼は仰向けにされ、その周囲から三人が屈み込んできた。

唇を重ねて舌をからめ、ペニスがしゃぶられ、胸や腹にも舌が這い回った。

夕食と風呂で休憩したから、治郎も快感に喘ぎ、まるで本日最初のセックスのように雄々しく勃起していった。

「ああ、気持ちいい……」

彼女たちも、もう充分に舐めてもらったので、あとは挿入を求めるばかりだった。ペニスが充分に唾液にまみれると、最初の女性が身を起こして跨がり、割れ目を押し当てると、ヌルヌルッと一気にペニスを納めていった。

「アアッ……、いい……」

彼女が顔を仰け反らせて喘ぎ、味わうようにキュッキュッと締め付けてきた。

他の二人も左右から彼の耳を舐め、耳たぶを嚙み、穴にも舌を挿し入れて蠢かせた。

聞こえるのはクチュクチュという唾液のヌメリだけで、何やら頭の中まで舐め回されている気分だった。

ズンズンと股間を突き上げると、彼女も腰を上下させ、膣内の収縮を強め、溢れる愛液がピチャクチャと卑猥な摩擦音を響かせた。

「い、いく……、アアーッ……!」

たちまち彼女が喘ぎ、ガクガクとオルガスムスの痙攣を開始した。

その収縮と蠢きに彼も昇り詰め、

「く……!」

快感に短く呻きながら、熱いザーメンをドクンドクンと勢いよくほとばしらせてしまった。

「あう、もっと……！」

彼女が噴出を感じて呻き、締め付けを激しくさせていった。

治郎は最後の一滴まで出し尽くし、突き上げを弱めていくと、

「ああ……、良かった……」

彼女もグッタリと突っ伏し、しばしヒクヒクと締め付けていたが、やがて股間を引き離してゴロリと横になった。

すると次の彼女が愛液とザーメンにまみれた亀頭をしゃぶり、顔を上下させてスポスポと摩擦してくれた。治郎も、もう過敏に反応する間もなく、強制的に彼女の口の中で回復していった。

彼女はスポンと口を離すと前進して跨がり、同じように一気に腰を沈めて彼自身を膣内に受け入れていった。

「アア……、すごい……、奥まで響くわ……」

彼女もキュッときつく締め上げながら喘ぎ、すぐにも腰を上下させはじめた。

治郎も股間を突き上げ、クチュクチュと音を立てて摩擦快感を味わった。

立て続けの射精は無理かなと思ったが、小百合がまるで力を補充するかのように舌をからめ、トロトロと大量の唾液を注いでくれたのだ。

「あう……！」

たちまち治郎は絶頂に達して呻き、熱いザーメンを放ってしまった。

「ああ、出てるわ、いい気持ち……、アアーッ……！」

その噴出で彼女も声を上ずらせ、激しく昇り詰めてくれた。

収縮の中、心置きなく最後の一滴まで出し尽くすと、彼は突き上げを止めてグッタリと身を投げ出した。

「ああ、すごく良かった……」

彼女も満足げに言ってグッタリとなり、それ以上の刺激は過敏すぎるのか、すぐにも股間を引き離してくれたのだった。

すると二人の美女が濡れたペニスを同時にしゃぶってくれ、そのダブルフェラに彼はムクムクと元の硬さと大きさを取り戻していった。しかも、残るは一人だけとなった時もまだ楽で、とことん味わおうという気になっていた。

「私で最後よ、一番美味しいところを頂くわね」

小百合が言い、彼女たちが離れるとヒラリと跨がり、先端に割れ目を宛てがうと、ヌルヌルッと滑らかに嵌め込んでいった。

「あう、いい……」

根元まで受け入れると、小百合は呻きながら締め付け、そのまま身を重ねてきた。治郎も温もりと感触を味わいながら下から抱き留め、さらに二人の彼女たちにも左右から顔を寄せてもらった。

四人で鼻を突き合わせて舌をからめ、治郎は三人分の生温かな唾液をすって喉を潤した。

みな吐息は甘酸っぱい果実臭の匂いを濃厚に含み、また治郎はミックスフルーツジュースの匂いに酔いしれ、鼻腔を刺激されながらズンズンと股間を突き上げはじめた。

「アア……、す、すぐいきそう……」

小百合も動きを合わせて喘ぎ、収縮と潤いを増していった。

さらに三人に顔中を舐めてもらうと、治郎は唾液と吐息の匂いに高まった。

「く……」

すぐいったのは治郎の方で、彼は快感に呻きながら、締め付けの中で昇り詰めてしまった。ありったけのザーメンを勢いよく注入すると、

「い、いく……、アアーッ……！」

小百合がガクガクと身悶え、きつく締め上げながらオルガスムスに達した。

治郎も心ゆくまで快感を噛み締め、最後の一滴まで出し尽くしていった。

ようやく目標を達成し、徐々に動きを弱めていくと、

「ああ……」

小百合は、命中しますようにと願いを込めるように喘ぎ、肌の強ばりを解いてグッタリともたれかかってきたのだった。

5

「じゃ、私たちは帰るわね」

小百合たち三人が、風呂から上がって浴衣を着込むと治郎に言った。

彼は、まだ全裸で横たわったままである。

「僕も、家へ帰った方がいいのかな……」

「ここで朝まで寝ても構わないわ。もう歩くのも億劫だろうし、それに朝になったら、摩利香様が報告と今後のことを話しに来るかも」

小百合が答えると、やがて三人は静かに出ていった。

壁の時計を見ると、夜九時を回ったところだ。

治郎はそのまま目を閉じ、

（今日は朝から何回したんだろう……）

思ううち、さすがに心地よい気怠さの中で眠ってしまった。

どれぐらい眠ったか、ふと気配に目を覚ますと、巫女姿の摩利香が入ってきたところだった。

時計は日付が変わる直前である。摩利香は朝ではなく、夜中に来たようだ。

「あ、横になったままでいいわ。お疲れ様。どうやら全員が満足したようだわ」

「そうですか……」

「明後日の朝、ここを発つといいわ」

「はい、名残惜しいです。では明日、僕は何をすれば」

「お堂で、最後にもう一度だけ生き神と交わって」

言われて、治郎は嬉しさに胸を弾ませた。

香澄とは、セックスは元より、もう一度会ってじっくり話したかったのだ。

そう思うと、少しでも眠ったため朝立ちの勢いのようにムクムクと勃起してきてしまった。

しかも摩利香とは先日、最後に交わりたかったのに口内発射で終えたままだったのである。

「ね、摩利香様も脱いで」

言うと彼女はチラと勃起したペニスに目を遣り、すぐに立ち上がって緋袴の前紐を解きはじめてくれた。

衣擦れの音とともに、摩利香は手早く袴と白い衣を脱ぎ去ってゆき、たちまち一糸まとわぬ姿になっていった。

「顔に足を……」

仰向けで勃起したまま言うと、摩利香も彼の顔の横に迫って立ち、片方の足を浮かせてそっと足裏を顔に乗せてくれた。

足裏を舐めながら、形良く揃った指の間に鼻を押し付けて嗅ぐと、今日もそこはジットリと汗と脂に湿り、蒸れた匂いが濃く沁み付いていた。

彼は充分に鼻腔を満たしてから爪先にしゃぶり付き、全ての指の股を舐めた。

「アア……」

摩利香も熱く喘ぎ、足を交代してくれ、彼は味と匂いを貪り尽くした。

大勢がいた大広間に、二人だけというのも興奮するものである。

口を離すと、摩利香もすっかり心得たように彼の顔に跨がり、ためらいなくしゃがみ込んでくれた。

白い内腿がムッチリと張り詰め、鼻先に迫る割れ目を見上げると、すでにヌラヌラと潤っているではないか。やはり里で最もクールな摩利香も、久々の男に絶大な淫気を抱いているようだった。

腰を抱き寄せて茂みに鼻を埋め、蒸れた汗とオシッコの匂いを貪りながら柔肉を舐め回すと、淡い酸味のヌメリが舌の動きを滑らかにさせた。

息づく膣口からクリトリスまで舐め上げると、

「く……、いい……」

摩利香も最初から正直な感想を洩らし、新たな愛液を漏らしてきた。

治郎はチロチロとクリトリスを舐め、味と匂いを堪能してから、尻の真下に潜り込んでいった。谷間の蕾に鼻を埋めると、顔中に双丘が密着し、蒸れた汗と淡いビネガー臭が鼻腔を刺激してきた。

舌を這わせて収縮する襞を濡らし、ヌルッと潜り込ませて滑らかな粘膜を探ると、彼女は息を詰め、キュッと肛門で舌先を締め付けた。

彼が中で舌を蠢かせると摩利香は、もう良いという風に自分から腰を浮かせ、彼の上を移動していった。

そして今日、十数人の美女たちを満足させた張り詰めた亀頭にしゃぶり付き、スッポリと喉の奥まで呑み込み、幹を締め付けて吸い、熱い息を股間に籠もらせながら、クチュクチュと舌を蠢かせてきた。

「ああ、気持ちいい……」

治郎は快感に喘ぎ、小刻みに股間を突き上げはじめると、

「ンン……」

摩利香は熱く呻きながら、顔を上下させてスポスポと摩擦してくれた。

彼自身がたっぷりと唾液にまみれると、ここでも彼女は自分からスポンと口を引き離し、身を起こして前進してきた。

全て自分のペースで、絶頂まで突っ走りたいのだろう。

彼の股間に跨がると、摩利香は先端に割れ目を擦りつけて位置を定め、息を詰めてゆっくり座り込んでいった。

たちまち彼自身が、肉襞の摩擦を受けながらヌルヌルッと根元まで呑み込まれると、

「アア……」

摩利香が目を閉じて喘ぎ、股間を密着させてグリグリと擦り付けてきた。

治郎も締め付けと温もりを味わいながら、両手を伸ばして彼女を抱き寄せてい

った。

摩利香が身を重ねてくると、彼は潜り込むようにして乳首に吸い付き、柔らかな膨らみを顔中で感じながら、甘ったるい濃厚な体臭に噎せ返った。

両の乳首を順々に含んで舐め、腋の下にも鼻を埋めて、うっとりと生ぬるい汗の匂いに酔いしれた。

すると摩利香が徐々に腰を動かしはじめ、治郎も下から両手でしがみつき、両膝を立てて尻を支えながら股間を突き上げていった。

溢れる愛液で律動が滑らかになり、すぐにもクチュクチュと湿った摩擦音が聞こえてきた。

「ああ……、いい……、全員をいかせた男のもの……」

摩利香が、キュッキュッと締め付けて味わいながら、感慨深げに呟いた。

治郎も摩擦快感の中で高まり、下から彼女の顔を引き寄せてピッタリと唇を重ねた。

摩利香もすぐにヌルリと長い舌を潜り込ませてくれ、治郎はチロチロと舐め回しながら、滑らかな舌触りと生温かな唾液のヌメリを味わった。

互いの動きが、股間をぶつけ合うように激しくなってくると、

「アア……、い、いきそう……」

摩利香が唾液の糸を引いて口を離し、熱く喘ぎながら収縮を強めた。

美しく妖しい巫女の吐息は熱く湿り気を含み、今日も悩ましいシナモン臭で彼の鼻腔を掻き回してきた。

そして嗅ぎながら動くうち、先に治郎が昇り詰めてしまった。

「い、いく……」

短く呻きながら、まだ残っていたザーメンが快感とともに勢いよくドクンドクンとほとばしった。

「き、気持ちいい……、アアーッ……！」

すると摩利香も声を上げ、ガクガクと狂おしいオルガスムスの痙攣を開始し、吸い込むような勢いで彼自身をきつく締め上げた。

治郎は快感を味わい、最後の一滴まで出し尽くすと、これで本当に本日は終了といった感じで動きを止め、グッタリと身を投げ出していった。

「ああ……」

摩利香も律動を止めたが、まだ息づく膣内に彼自身がヒクヒクと過敏に跳ね上がった。そして治郎は彼女の重みと温もりの中、かぐわしい吐息を嗅ぎながら、うっとりと快感の余韻に浸り込んでいったのだった。

第六章　さらば淫らな里よ

1

（あ、そうだ、弥山庵の大広間だったんだ……）

蟬の声に目を覚ました治郎は、周囲を見回して思った。

昨夜、摩利香と一緒に寝たと思ったが、すでに彼女の姿はない。

しかも大広間いっぱいに敷き詰められていた布団も、彼の寝ている分を除いて全て畳まれ、部屋の隅に積まれていた。摩利香が、彼を起こさないよう手早く畳んだのだろう。

壁の時計は午前十時。

彼も伸びをしてから起き上がり、自分の布団も畳んで隅に積んだ。

そして全裸のまま、まずはトイレに入った。

和式の汲み取りだから、トイレというより昔ながらのご不浄である。

跨いで大小をすると、チリ紙の箱の横に、彼女たちが用を済ませて処理したチリ紙を入れる木箱が置かれていた。まだ掃除前で、十数人もいたから中は使用済みの紙がいっぱいに入っている。

　嗅いでみたいと思った途端に、ムクムクと彼自身が変化してきた。

　どうやら、昨日あれほどしたのに里の美女たちのフェロモンによる媚薬効果は薄れず、まだまだ心身は元気いっぱいのようだ。

　何しろ全員と肌を重ねたのだから、使用済みの紙を嗅ぐこともなく用を足し、治郎はそのまま風呂場に入り、ぬるくなった残り湯で全身を洗い流した。

　やがて風呂場を出て、身体を拭いて台所を見ると、もう豚汁は残っておらず、大鍋も綺麗に洗ってあった。

　彼は大広間に戻って浴衣を羽織り、帯を締め、壁の棚にある蠟燭が全て消えていることを確認すると、下駄を突っかけて弥山庵を出た。

「治郎さーん」

　滝沢家に向かって歩いていると、外で農作業や家畜の世話をしている女性たちが彼に声を掛け、手を振っていた。

　そう、治郎はもう全員と懇ろ（ねんご）なのである。

彼も手を振り、やがて家に戻った。

「お帰りなさい」

かがりが迎えてくれた。

「明日の朝、ここを出るようね。摩利香さんから連絡があったわ」

「はい、有難うございます。今夜一晩お世話になりますので」

「ううん、今夜はまたお堂に一泊と聞いているから、明日の朝に戻ってきて」

「そうですか」

かがりが言うのに答え、まず彼はいったん自分の部屋に入った。

すると部屋には彼のリュックが置かれ、シャツにズボンに下着に靴下など、全て洗濯済みできちんと畳まれていた。一応スマホを見てみると、やはりもう充電が切れて何も表示されなかった。

少し休憩すると、やがて昼食に呼ばれた。

もうかがりの他、あかりと小夜子も揃っていた。

四人でハム野菜サンドと牛乳の昼食をしながら、

（そうだ、またあの森を抜けないと帰れないんだ……）

治郎はそれを思い出したが、そんな気持ちを察したようにあかりが言った。

「明日は、私と小夜子さんで一緒に町へ出るわ」

「え、そうなの……」

「祭も終わったし、もう夏休みも残り少ないので、私は短大近くのアパートに戻るわ。小夜子さんも五年間の修行のため就職するの」

二人も一緒なら、難なく町へ降りられるだろうと治郎も安心した。

小夜子の就職先も、すでに里の娘が働いていた住み込みの町工場で、そこに決まっているらしい。

やがて昼食を終えると、治郎はまた部屋でしばらく休憩し、明日帰る仕度をしてから、一人で神社へと行った。

境内のお堂を覗くと、里の女性全員の張り型がずらりと並んでいる。

もう里に処女はいないから、次に奉納されるのは、早くても治郎の子が育って成長し、処女を喪ったときであろう。

と、そこへ摩利香が出てきた。

「あ、ゆうべはお世話になりました」

「ああ、よく眠れたようで何より」

「それより、僕はもうここへは来られないのですか？」

治郎は訊いてみた。

「もう来られない」

「もし僕の子が出来ても、会えないんですね？」

「それが掟だ。男がこの里へ入れるのはただ一度きり」

「そうですか……」

「ただし、里の女が会いにいくのは自由。今はみな、都内にある治郎の住まいも知っているし」

言われて、治郎は顔を輝かせた。

「じゃ、これっきり今生の別れではないのですね」

「ああ、だから別れを嘆くことはない。ただ里の風景のみ、瞼に焼き付けておけば良い」

「分かりました。気持ちが晴れました」

「では、本殿へ」

摩利香が言い、彼も軽い足取りで本殿にお詣りをし、階段を上がって香澄の待つ裏のお堂に入っていった。

中は、やはり夥しい蠟燭の灯が揺らめき、甘い匂いが濃く籠もっていた。

布団が敷かれ、浴衣姿の香澄が座っていた。しかも、いつものメガネを掛けてくれている。

「嬉しいです。また一晩過ごせるなんて」

「ええ、全員と済んで、明日には里を出られるそうね」

「はい、名残惜しいですが。もう大学へは戻らないんですね」

治郎は座り、少し寂しげに言った。

「ここでずっと暮らすつもり。でもたまには都内にも出たいから、その時にまた会えるわ」

「本当ですか。約束ですよ」

「ええ、治郎さんが学業に励んで良い子にしているならば」

「僕も約束します。必ず成長するって」

治郎は言い、大学で何かと香澄に教わっていたことが、遠い過去にあった出来事のような気がした。

やがて香澄が立って帯を解きはじめたので、治郎も手早く脱ぎ去り、たちまち互いに全裸となって布団に横たわった。

もちろん彼自身は、はち切れんばかりにピンピンに勃起していた。何しろ一番好きな美女を前にしているのだ。

「すごいわ、昨日いっぱいしたのに、こんなに……」

香澄が、彼の股間に目を遣って言った。

治郎もぐっすり眠ったし、皆のフェロモンを吸収し尽くして、何度でも出来るようになっていた。

香澄は彼を大股開きにさせ、腹這いになって顔を寄せてきた。

長い髪がサラリと内腿を撫で、まず彼女は陰嚢に舌を這わせ、睾丸を転がしながら袋を生温かな唾液にまみれさせてくれた。

そして前進し、肉棒の裏側をゆっくり舐め上げ、粘液が滲みはじめた尿道口をチロチロと舐め、張り詰めた亀頭にしゃぶり付き、ゆっくり喉の奥まで呑み込んでいった。

「ああ、気持ちいい……」

治郎は快感に喘ぎ、メガネ美女の熱く濡れた口腔で幹を震わせた。

香澄も股間に息を籠もらせて吸い付き、舌をからめて彼自身を清らかな唾液にまみれさせた。

そして顔を上下させ、スポスポと濡れた口でリズミカルな摩擦を開始し、彼も股間を突き上げて快感を味わった。

恐る恐る見ると、何年も恋い焦がれた香澄が頬を上気させて貪っている。

大学の研究室では信じられなかった光景だ。もし都内で彼女に求めたら、してくれたのだろうかと思ったが、今となっては童貞でこの里へ来たことが大正解に思えるのだった。

やがて香澄がスポンと口を離し、添い寝してきた。

「さあ、受け身ばかりではいけないわ。上になりなさい」

彼女が仰向けの受け身体勢になって言うと、治郎も入れ替わりに身を起こしていった。

もちろんすぐ挿入などしない。まず彼は足裏に屈み込んで舌を這わせ、爪先に鼻を押し付けて嗅いだ。指の股には汗と脂の湿り気があり、蒸れた匂いが籠もっていた。

治郎は貪るように鼻腔を満たし、爪先にしゃぶり付いて両足とも、全ての指の股に舌を割り込ませて味わった。

「あう……」

香澄がビクリと反応して呻いたが、拒みはしなかった。

味と匂いを堪能し尽くすと、彼は股を開いて脚の内側を舐め上げていった。

白くムッチリとした内腿をたどり、股間に顔を寄せていくと湿り気を含んだ熱気が顔中を包み込んできた。

見ると、すでにはみ出した花びらはネットリと蜜を宿している。

彼は顔を埋め込み、柔らかな恥毛に籠もる汗とオシッコの匂いで鼻腔を刺激されながら、濡れた割れ目に舌を挿し入れていった。

2

「アアッ……、いい気持ち……」

膣口からクリトリスまで舐め上げていくと、香澄がビクッと顔を仰け反らせて喘ぎ、内腿できつく治郎の両頬を挟み付けてきた。

彼は匂いに酔いしれながらクリトリスに吸い付き、溢れる愛液を掬い取ってから、香澄の両脚を浮かせて尻に迫った。谷間の可憐な蕾に鼻を埋め込み、秘めやかに蒸れた匂いを貪ってから、舌を這わせた。

「く……！」

ヌルッと舌を潜り込ませて滑らかな粘膜を舐めると、彼女が呻いてキュッと肛門で舌先を締め付けてきた。

「そ、そこはいいから、入れて……」

彼女がせがみ、治郎も待ち切れないほど高まったので、脚を下ろして身を起こした。前進して股間を進め、先端を割れ目に擦り付けてヌメリを与えてから、ゆっくりと膣口に挿入していった。

ヌルヌルッと滑らかに根元まで嵌まり込むと、

「アア……、いいわ……」

香澄が熱く喘ぎ、彼も股間を密着させて温もりを味わいながら、脚を伸ばして身を重ねていった。

すぐに香澄も下から両手で抱き留めてくれ、味わうようにキュッキュッと締め付けてきた。治郎はまだ動かず、屈み込んで左右の乳首を含んで舐め回し、顔中で柔らかな膨らみを味わった。

両の乳首を味わうと、彼は香澄の腕を差し上げ、腋の下に鼻を埋めて濃厚に甘ったるい汗の匂いに噎せ返った。

「つ、突いて……」

香澄が言い、ズンズンと股間を突き上げはじめた。

治郎も腰を動かし、何とも心地よい摩擦快感と締め付けを味わい、ジワジワと絶頂を迫らせていった。

彼は香澄の肩に腕を回して胸を合わせ、白い首筋を舐め上げていった。

そして上からピッタリと唇を重ねると、舌を挿し入れて滑らかな歯並びを舐め回した。

香澄もすぐに歯を開いてチロチロと舌をからめ、治郎は滑らかな感触と生温かな唾液のヌメリに高まった。

たちまち二人の接点からピチャクチャと淫らな音が聞こえ、

「ああ、いきそうよ……」

香澄が唇を離して仰け反り、熱く口走った。

確かに収縮が活発になり、粗相したように大洪水になった愛液で互いの股間がビショビショになっている。

正常位だと、危うくなると動きを弱めに調節でき、また強めることも出来るので、少しでも長く続けて味わうことが出来た。

彼女の喘ぐ口に鼻を押し込んで熱い息を嗅ぐと、湿り気ある悩ましい花粉臭が鼻腔を刺激してきた。

長く保ったものの、もう限界である。

「い、いく……！」

たちまち治郎は、香澄の吐息で胸を満たすと口走り、激しく昇り詰めてしまった。熱い大量のザーメンをドクンドクンと勢いよくほとばしらせ、柔肉の奥を直撃すると、

「か、感じる……、アアーッ……！」

香澄も声を上げ、彼を乗せたままガクガクと狂おしく腰を跳ね上げ、激しいオルガスムスに達していった。

膣内の収縮と締め付けが最高潮になり、彼は心ゆくまで快感を嚙み締め、最後の一滴まで出し尽くしていった。

すっかり満足しながら徐々に動きを弱めていくと、

「ああ……」

香澄も満足げに声を洩らして硬直を解き、グッタリと力を抜いて四肢を投げ出していった。

治郎は完全に動きを止めてのしかかり、まだ息づく膣内でヒクヒクと幹を過敏に震わせ、甘い刺激の吐息を胸いっぱいに嗅ぎながら、うっとりと快感の余韻に

浸り込んでいったのだった……。

——身を離して互いの股間をティッシュで拭い、全裸のまま休憩していると、戸が叩かれた。

香澄が返事をすると戸が開き、摩利香が夕食を運んできてくれた。香澄も、全裸であることを気にもせず受け取った。

夕食は、五目飯に吸物、それに茶の入った魔法瓶である。

「良ければ摩利香様も一緒に」

「いいえ、私は社務所で済ませたので」

治郎は、3Pを期待して言ったが、清らかな巫女姿の摩利香は答えて、そのまま静かにお堂を出ていってしまった。もう祭の儀式ではないので、戸は施錠されなかった。

今夜は出入りも自由だろうに、香澄は風呂に行こうとも言わない。

やがて二人で夕食を済ませると、戸の外に空膳を置いて、再び淫気を高めた。

「ね、今度は香澄先生が上になって」

横になって言うと、まず香澄は彼のペニスにしゃぶり付き、口の中で最大限の大きさにしてくれた。

「ああ……」

治郎も快感に喘ぎながら、彼女の下半身を引き寄せ、互いの内腿を枕にしたシックスナインの体勢で、茂みに籠もった匂いを貪り、濡れはじめた割れ目を舐め回した。

「ンンッ……」

しゃぶりながら香澄が熱く呻き、治郎もクリトリスから肛門まで舐め尽くしていった。もちろん香澄も彼の尻の谷間を舐め回し、ヌルッと舌を潜り込ませてくれた。

互いの感じる部分を貪り合い、ようやく高まると香澄が身を起こした。

仰向けになった彼の股間に跨がり、先端に割れ目を押し当て、息を詰めてヌルヌルッと一気に腰を沈み込ませていった。

「アアッ……」

香澄が熱く喘ぎ、股間を密着させるとすぐにも身を重ねてきた。

治郎も下から両手を回して抱き留め、両膝を立てて尻を支えた。

彼女はしばし膣内を締め付けて肉棒を味わい、治郎の肩に手を回して胸を密着させてきた。

乳房が心地よく押し付けられて弾み、恥毛が擦れ合った。

「唾を飲ませて……」

囁くと彼女も形良い唇をすぼめ、白っぽく小泡の多い唾液をトロトロと吐き出してくれた。彼は舌に受けて味わい、うっとりと喉を潤し、甘美な悦びで胸を満たした。

ズンズンと股間を突き上げはじめると、香澄も合わせて腰を遣い、たちまち互いの動きが一致し、股間をぶつけあうように激しくなっていった。

「アア、いい気持ち……」

香澄が収縮を強めながら熱く喘いだ。吐息は夕食後のため、花粉臭が濃厚になって鼻腔を刺激してきた。

「舐めて……」

喘ぐ口に鼻を押しつけて言うと、香澄もヌラヌラと舌を這わせてくれた。

唾液のヌメリと息の匂い、肉襞の摩擦と締め付けに彼が高まっていくと、

「い、いっちゃう……、アアーッ……！」

先に香澄が声を上ずらせ、ガクガクと狂おしく痙攣した。

　そして彼女がオルガスムスに達すると、続いて彼も収縮に巻き込まれるように昇り詰めてしまった。

「き、気持ちいいッ……！」

　治郎は口走り、ありったけの熱いザーメンをドクドクと注入し、心ゆくまで快感を嚙み締めたのだった。

　心置きなく最後の一滴まで出し尽くし、満足しながら彼が突き上げを弱めていくと、

「ああ……、溶けてしまいそう……」

　香澄も肌の強ばりを解きながら言い、力を抜いてグッタリともたれかかってきた。遠慮なく体重を預けられるのが嬉しく、治郎は重みと温もりの中、まだ息づく膣内でヒクヒクと幹を過敏に震わせた。

　そして濃厚な花粉臭の吐息を間近に嗅いで、うっとりと胸を満たしながら、治郎は余韻を味わった。そして彼は、このまま香澄の吐息を嗅ぎながら眠ってしまいたいと思ったのだった。

3

「さあ、起きなさい。日が昇れば発たないといけないから」

香澄に揺り起こされ、治郎は目を覚ました。見ると夜明け間近なのか、窓の外が白んでいる。

「あ、お早うございます」

身を起こし、彼は香澄に言った。そんなに早く帰るのなら、もっと早起きしてもう一回ぐらいすれば良かったと思った。

香澄はすでにきっちりと浴衣を着込んでいるので、治郎も仕方なく身繕いをした。それでもせめて唇でも重ね、未練げに舌をからませると、

「ンン……」

彼女も熱く呻きながら、充分に舌を蠢かせてくれた。

朝立ちの勢いも手伝い、激しい勃起と興奮を覚えたが、彼女が唇を離したので、ここまでだった。しかし香澄の、寝起きで濃厚になった吐息を胸いっぱいに嗅いで、それで彼は満足して立ち上がった。

「じゃ僕、滝沢家に戻りますので。どうかお元気で」

「ええ、また会いましょうね」

言うと香澄が答え、戸を開けてくれた。まだ蟬は鳴いておらず、外は朝靄(あさもや)に包まれている。

治郎は階段を下りるともう一度振り返り、香澄と本殿に辞儀をして歩きはじめた。境内を通って鳥居をくぐり、滝沢家へと向かうと、もうあちこちで人が起きて朝餉の仕度をする物音や匂いが感じられた。

そして家へ戻ると、

「お帰りなさい」

かがりが迎えてくれ、すぐに治郎は挨拶して上がり込んだ。

そしてご不浄で大小の用を足すと、朝食の席に呼ばれた。あかりと小夜子も、浴衣姿で座っている。

彼が、卵かけご飯と漬け物に味噌汁で朝食を済ませると、風呂に入れられた。

これで、もう浴衣を着ることもないのだろう。

治郎は体を洗い流し、歯磨きをしながら湯に浸かった。

風呂を上がって身体を拭くと、服が用意されていた。

下着を穿(は)いてTシャツを着て、靴下とズボンを穿いた。洋服を着るなど、実に久々である。

そして部屋に戻って夏用の薄手ブルゾンを羽織り、リュックを背負うと、すでにあかりと小夜子もリュックにジーンズ姿で待っていた。あかりはともかく、洋服姿の小夜子を見るのは初めてだった。

二人とも長い髪を束ね、ポニーテールにしていて何とも可憐な現代女性になっている。

「さあ、日が昇ったわ。気をつけて行きなさい」

「はい、どうもお世話になりました。ここでのことは一生忘れません」

かがりに言われ、玄関でスニーカーを履いた治郎は深々と頭を下げた。実際、忘れようとしても忘れられない日々を過ごしたのである。

「じゃ行きましょう」

あかりが言い、外に出るとかがりも見送りに来てくれた。

いや、香澄も摩利香も、里の女性たちもみな総出だった。

「治郎さん、お達者で」

「いつかまた会いましょうね」

女性たちが口々に言う。真弓に志乃、桜子に小百合、その他、肌を重ねた全員の顔があった。

治郎は皆に頭を下げ、片っ端から唇を重ねたい衝動に駆られた。

そして森の入り口まで来ると、三人はもう一度みなに挨拶をして、深い茂みの中に入っていった。

背の高い草を掻き分けて進むと、やがて隠れ里の出入り口である洞窟だ。

あかりと小夜子は懐中電灯も持たず、無造作に中に入ってゆき、治郎もそれに従って進んだ。

真っ暗闇の中で二人と手をつなぎ、そろそろと角を曲がると、彼方に出口が見え、滝の音が聞こえてきた。

進んでいくと水音が強くなり、出口は滝の落ちる銀色のカーテンに見えた。

ようやく洞窟を抜けると、冷気と飛沫が感じられた。

滝の裏側を通り、滝壺を迂回(うかい)して進んでいくと崖の下に出た。

(そうだ、これを上らないといけないんだ……)

彼は、高い崖を見上げて思った。降りるときはかがりにしがみついていたが、上るのはもっと大変だろう。

するとあかりと小夜子が手袋をして、互いのベルトの腰に縄を結びつけていた。

「じゃ、ここに手を通して、しっかり握って」

あかりが言い、治郎も二人の腰に結ばれた縄の輪に手首を通して握った。

「決して離さないで、下も見ないように。十数えるぐらいだから」

あかりが言うと、二人は岩壁に両手を当てた。そして二人は頷き合うと、両手足を使ってよじ登りはじめたのである。

（うわ……）

治郎は両手を引っ張られて、自分も懸命に両足を岩壁に当てて進んだ。

二人の動きに迷いはなく、彼の目の前で岩壁がどんどん下降していった。

まるでうつ伏せのまま、垂直に歩いているように楽だ。二人も、彼の足場が良いところを選んでくれたのだろう。

その分、二人は険しい岩を上っているのだが、その動きに淀みはなく、彼は二人の躍動するジーンズの尻を眺める余裕さえ持ちはじめた。

小夜子も、あかりほどの体術はないと言っていたが、それが謙遜だということがよく分かり、二人は同じ速さで上っていった。

たちまち頂上まで来て、二人は治郎を引っ張り上げた。

ようやく手を離すと、二人もベルトの腰から縄を解いてリュックにしまった。

見下ろすと瀑布が遠ざかり、水音の代わりに蟬の声が聞こえてきた。

「さあ」

あかりに促され、治郎はズボンの裾を靴下に入れ、ブルゾンの胸と袖をきっちりとホックで留めた。

そして、また三人で深い森へと入っていった。

さすがに二人は息も切らさず、さして汗もかかずに草や木々の葉を掻き分けて進んだ。あかりが先頭で、治郎を挟んで小夜子がしんがりである。

治郎は何度もよろけそうになりながらも、懸命に草を踏んで進んだ。

やがて二時間ばかりかけて森を抜けると、彼方に治郎が初体験をした小屋が見えてきた。

「少し早いけど、あそこで昼食にしましょうか」

あかりが言い、喉が渇いていた治郎は助かったと思った。それに朝が軽かったので、空腹も覚えはじめている。

確かに、ここを過ぎたら町へ出るまで昼食を摂るような場所はないだろう。

ドアを開けて中に入ると、もちろん前に治郎とあかりが入ったときから、誰も足を踏み入れていない。

小夜子が毛布を広げると、治郎もリュックを降ろして座り込んだ。

あかりと小夜子もリュックから、水筒と包みを取り出した。

それぞれ開けると、海苔の巻かれた握り飯が三個ずつ入っている。三人で二個ずつだ。

朝早くから、かがりが作ってくれたものらしい。

「これが種抜きの梅干し、こっちが鮭」

小夜子が言うので、彼女も手伝っていたようだ。

やがて三人で座り、二つずつ握り飯を食い、水筒の麦茶を飲んだ。

「どう、疲れた？」

「いや、来たときよりも全然平気だよ」

あかりに言われ、治郎は答えた。

それは正直な感想で、あるいは里の女性たちのフェロモンにより、精力ばかりでなく体力や胆力までついたのかも知れない。

だからロープだけの橋への不安も、今はさして感じられなくなっていた。

握り飯を全て食い終わり、カップに注いでくれた麦茶を飲むと、二人は空の包みをリュックにしまった。

そして、まだだいぶ入っている水筒を、あかりが彼のリュックの脇ポケットに入れてくれた。

「ね、急ぐのかな。ここで三人で出来ないかな」

治郎はムラムラと淫気を高めながら、ダメ元で言ってみた。

すると、クスッとあかりが肩をすくめて笑い、小夜子と目を合わせた。

「そんなこと、言うと思ってたんだ」

あかりが言うので、治郎は顔を輝かせた。

「いいの？」

「ええ、私たちは弥山庵の集会に参加していなかったから」

言うと、あかりが答え、小夜子と頷き合って洋服を脱ぎはじめてくれた。

治郎も気が急く思いでブルゾンを脱ぎ、シャツもズボンも下着も靴下も、全て脱いで全裸になり、敷かれた毛布に仰向けになった。

あかりと小夜子も手早く脱ぎ去り、一糸まとわぬ姿になって左右から彼に迫ってくれたのだった。

4

治郎は勃起しながら言うと、あかりと小夜子も彼の顔の左右に立ち、それぞれの足裏を乗せてくれた。彼は山歩きをして蒸れた二人の指を嗅ぎ、順々にしゃぶり付いていった。

「あん……、くすぐったいわ……」

小夜子が膝を震わせて喘ぎ、治郎は二人の濃厚な味と匂いを貪った。足を交代させて味わうと、先にあかりに顔を跨がらせた。

あかりもためらいなく彼の顔にしゃがみ込み、ぷっくりした割れ目を鼻先に迫らせてくれた。

すると小夜子はペニスに屈み込み、幹に指を添えて尿道口をチロチロと舐め、スッポリと喉の奥まで呑み込んでくれたのだった。

「く……」

治郎は快感に呻きながら、あかりの割れ目に顔を埋め込んでいった。

嗅ぐと、柔らかな恥毛の隅々には蒸れた汗とオシッコの匂いが沁み付いて、悩ましく鼻腔が刺激された。

どうやら二人とも、昨夜の入浴が最後だったらしい。

治郎は胸を満たしながら舌を這わせ、濡れはじめている膣口からクリトリスまで舐め上げていくと、

「アアッ……！」

あかりが熱く喘ぎ、トロリと新たな蜜を漏らしてきた。

治郎は味と匂いを貪ってから、もちろん尻の真下に潜り込み、白く丸い双丘を顔中に受け止めながら、谷間の可憐な蕾に鼻を埋め込んで嗅いだ。やはり蒸れて秘めやかな匂いが沁み付き、彼は鼻腔を刺激されながら舌を這わせ、ヌルッと潜り込ませた。

「く……」

あかりが呻き、キュッと肛門で舌先を締め付けた。

その間も小夜子がスポスポと顔を上下させ、濡れた口でリズミカルな摩擦を繰り返し、治郎もすっかり高まってきた。

「い、いきそう……」

治郎が言うと、小夜子がチュパッと口を引き離して場所を空け、あかりもすぐ

に移動して跨がった。

するとと小夜子が入れ替わりに彼の顔にしゃがみ込み、あかりはヌルヌルッと一気に彼自身を膣口に受け入れていった。

「ああ……、いい気持ち……」

あかりが完全に座り込んで喘ぎ、密着した股間をグリグリと擦り付けた。

治郎も温もりと感触に包まれ、快感を味わいながら鼻先に迫る小夜子の割れ目に顔を埋め込んでいった。

彼女の恥毛にも悩ましい匂いが濃厚に籠もり、治郎は鼻腔を満たしながら舌を這わせた。

あかりは前にいる小夜子の背にもたれかかりながら、すぐにも腰を上下させ、強烈な摩擦を開始していた。

治郎もズンズンと股間を突き上げながら、小夜子の味と匂いを堪能し、尻の真下にも潜り込んでピンクの蕾を嗅いで舐め回した。

やがて前も後ろも味わうと小夜子が股間を引き離し、彼に添い寝してくると、あかりが身を重ねてきた。

治郎は潜り込んであかりの左右の乳首を味わい、小夜子の胸も引き寄せて全ての乳首を舐め回し、顔中で膨らみと体臭を味わった。

　もちろん二人の腋の下にも鼻を埋め込み、甘ったるい濃厚な汗の匂いで胸を満たした。

　さらに二人の顔を引き寄せ、三人で舌をからめると、混じり合った熱い息に顔中が湿り気を帯びた。二人も心得ていて、ことさら多めに彼の口にトロトロと唾液を垂らしてくれ、治郎はうっとりとミックスシロップで喉を潤しながら突き上げを強めていった。

　そして二人の口を引き寄せ、熱く甘酸っぱい果実臭の吐息で鼻腔を刺激されながら高まってしまった。

「い、いく……！」

　治郎は口走り、大きな快感に全身を貫かれながら絶頂に達し、熱い大量のザーメンをドクンドクンと勢いよくほとばしらせた。

「いい……、アアーッ……！」

　たちまちあかりも声を上げ、ガクガクと狂おしいオルガスムスの痙攣を開始して、彼自身をきつく締め上げてきた。

　治郎は快感を嚙み締め、最後の一滴まで出し尽くすと、満足しながら突き上げを弱めていった。

「ああ……、良かった……」

あかりも、彼にもたれかかりながら声を洩らし、名残惜しげにキュッキュッと締め上げた。治郎は二人の混じり合った吐息を嗅ぎながら、うっとりと余韻を味わったのだった。

やがて呼吸を整えると、あかりがそろそろと股間を引き離して身を起こし、

「川で洗いましょう」

ティッシュも出さずに言って立ち上がった。小夜子も、まだ息を弾ませている彼を抱き起こし、三人全裸のまま小屋を出た。

裸足で歩くのは心配だったが、下は柔らかな草で小石もなく、少し行くと滝の支流である小川に出た。

三人は浅い流れに入り、あかりは股間を洗った。

「ああ、冷たくて気持ちいい……」

治郎も、強い陽射しを浴びながら、ひんやりする流れに身を浸して言った。

屋外で美女たちと全裸でいるのも、実に快適で心地よかった。

「肩を跨いで……」

やがて彼は川底に座って言い、二人を引き寄せて左右の肩に跨がらせた。

二人も、両側から彼の顔に股間を突き出してくれた。

「オシッコかけてね」

水の中でムクムクと回復しながら言い、左右から迫る二人の股間を交互に舐めた。二人もすぐに新たな蜜を漏らし、すぐにも舌の動きがヌラヌラと滑らかになっていった。

「出るわ……」

先にあかりが言い、柔肉を蠢かせながらチョロチョロと熱い流れをほとばしらせると、続いて反対側の肩にも小夜子の流れが温かく注がれてきた。

下半身は冷たい水に浸かり、上半身に二人分の温かなオシッコを浴びるのは何とも贅沢な快感であった。

治郎は交互に二人の流れを舌に受けて味わい、うっとりと喉を潤した。

間もなく二人の流れが治まると、彼は雫をすすり、残り香の中でそれぞれの割れ目を舐め回した。

「アア……、感じる……」

まだ果てていない小夜子が喘ぐと、

「ここでするといいわ」

あかりが言って三人は川から上がり、草の上に座った。

そして治郎も仰向けになってあかりの肌に寄りかかると、小夜子がペニスに跨がってきた。

割れ目を先端に押し当て、ゆっくりヌルヌルッと根元まで納めると、

「アアッ……、すごい……」

小夜子が喘ぎ、キュッと締め付けながら彼にもたれかかってきた。

治郎はあかりに寄りかかり、前から小夜子の肌を受け、両手を回してズンズンと股間を突き上げた。

水で冷えた身体に、ペニスのみ温かく快適な柔肉に包まれていた。

あかりも背後から彼を抱いてくれ、耳を舐め回しながら、彼の背に乳房を押し付けた。

小夜子は腰を動かし、何とも心地よい摩擦に彼も再び高まってきた。

治郎が小夜子と舌をからめると、あかりも顔を寄せて頬を舐め、彼は混じり合った果実臭の息に酔いしれた。

「い、いっちゃう、アアーッ……！」

たちまち小夜子が先にオルガスムスに達し、声を上ずらせながらガクガクと狂おしい痙攣を開始した。

続いて治郎も昇り詰め、快感の中でありったけのザーメンをほとばしらせた。

「ああ、熱いわ……」

奥に噴出を感じた小夜子が喘ぎ、締め付けながら最後の一滴まで搾り取ってくれた。治郎は陽射しの中でうっとりと力を抜き、前後から美女たちに挟まれながら余韻を味わったのだった。

やがて呼吸を整えると身を離し、また三人で川に浸かって全身を洗い流した。

そして小屋に戻って身体を拭き、身繕いをした。

「さあ、出発よ」

あかりが言い、三人はリュックを背負って小屋を出た。

もちろん治郎も疲労はなく、むしろ二人分の新たな体液を吸収して意気軒昂(いきけんこう)に出発したのだった。

そして再び森を掻き分けて進み、ようやく三人は断崖を結ぶ橋、二本のロープの前まで来たのだった。

5

「じゃ、来たときに教えた通り。先に私が行くわ」

あかりが言い、上のロープを脇に挟みながら、下のロープに足を乗せ、軽やかにスイスイと渡っていった。

「さあ、後ろに私がいるから安心して」

小夜子が言い、治郎も恐る恐るロープを脇に挟んで握り、足を踏み出していった。来たときほど恐くなく、すぐ後ろからは小夜子が付いてきていた。

二人分の体重で大丈夫なのかと思ったが、ロープは頑丈でしっかりと張られている。

ロープをたぐりながらカニ歩きで進むと、やがて向こうからあかりが手を伸ばしてくれた。それを握り、後ろからも小夜子に支えられながら、何とか彼も渡りきった。

「お疲れ」

あかりが笑みを浮かべて言い、治郎は少し呼吸を整えた。

また三人で森を進み、何度か休憩して水筒の麦茶を飲み、空になったので水筒をあかりに返した。

そして午後三時過ぎには、何とか山を下りられたのだった。

茂みを抜けて少し進むと、前に入った喫茶店とバスロータリーが見えてきた。

すると、そこに一人の制服警官がいて、三人を見るなり、こちらに駆け寄ってきたのだ。

「こんな山奥に何かあるんですか」

三十代半ばの警官が言う。襟章を見ると桜が二つの巡査長。

「いえ、何もないので引き返してきたところです」

あかりが答えると、巡査長が続けた。

「実は数日前、ここに三人組の男がバイクで来て、そのうちの二人が顎を外されるという事件がありました。若い女性にやられたと言っていたけど」

「ああ、女一人にやられてチクルとは情けない奴ら」

「では、あなたが？」

「そう」

「お名前は」

「滝沢あかり」

あかりが名乗ると、警官が目を丸くした。

「まさか、滝沢かがり先生のお嬢さん……？」

「そうです」

「ならば不問にします。なあに、あの三人は窃盗と恐喝の常習犯でして、今ブチ込んであります」

「そう、ご苦労様です」

あかりが言うと、警官は三人に敬礼して引き返し、停めてあった原付に乗って走り去っていった。

「かがりさんて、有名人……？」

治郎が訊くとあかりが答え、彼は感心した。

「県警と市警で武道教官をしていたから」

やがて三人はバスの時間を確認してから、喫茶店に入って休憩した。

二人が並んで座り、その向かいに治郎。やがてアイスコーヒー三つが運ばれてきた。

「そう、これあげるわ。摩利香さんから預かっていたので」

あかりが言い、ポケットからキーホルダーを差し出してきた。見ると、小さな赤い天狗の面、裏返すと、白いお多福の面だ。

「摩利香さんが作ったのよ」

「へえ、器用なんだな……」

彼は答えたが、確かに摩利香は娘たちの体に合わせて張り型を作っていたのだから、これぐらいの小細工はやってのけるだろう。

「有難う。いい記念になるよ」

治郎は言い、ポケットにしまった。

やがてバスが来たので、治郎が三人分の支払いをして店を出た。香澄を訪ねて来たので、旅館にでも泊まろうと思い多めの金を持ってきたが、結局交通費だけで済んでしまった。

一時間ばかりバスに揺られ、さらにローカル線で一時間、ＪＲの駅に着いたときには夕方になっていたので、三人でレストランに入り夕食を摂った。特急列車の出発には、まだ余裕があり、先に切符も買っておいた。

治郎は終点の東京まで行くが、二人はだいぶ手前の駅で降り、そこにあかりの短大と小夜子の就職先があるらしい。

三人一緒のハンバーグ定食を食べ、コーヒーを飲んでから店を出た。

駅に入り特急列車に乗り込むと、車内は実に空いていた。というのも治郎が礼を込めて、グリーン車を奮発したのである。

四人掛けのシートを回して向かい合わせに座ると、間もなく出発した。

「この車両、誰もいないわ」

「うん、空いてて静かで良かった」

治郎が答えると、いきなりあかりが腰を浮かせ、顔を寄せてピッタリと唇を重ねてきたのだ。すると小夜子も同じように割り込んで、三人でチロチロと舌をからめた。

「ンン……」

二人は熱く鼻を鳴らし、念入りに舌を蠢かせた。やはり二人も名残を惜しんでくれているのだろう。

治郎も二人分の舌と唾液を味わい、混じり合った吐息で鼻腔を満たしながら、またムクムクと勃起してきてしまった。

夕食後で、二人の吐息は甘酸っぱい果実臭が濃厚になり、ミックスされた悩ましい刺激が胸に沁み込んできた。

と、いきなり二人が同時に口を離し、何事もないように座り直した。

同時にドアが開き、車掌の検札(けんさつ)が来たのだ。

（そうか、くノ一だから人の来る気配が分かるんだ……）

車掌が次の車両に去っていくと治郎は思い、それならとファスナーを下ろし、勃起したペニスを引っ張り出してしまった。もう当分検札は来ないし、次の駅までも時間がある。

すると二人も屈み込み、一緒になって舌を這わせてくれた。

粘液が滲みはじめた尿道口をチロチロと交互に舐め回し、張り詰めた亀頭を含み、吸い付きながらチュパッと離すと、すぐにも交代して温かな口腔に呑み込んでは同じようにした。

「ああ、気持ちいい……」

股間に二人分の熱い息を籠もらせながら彼は喘ぎ、最大限に勃起していった。

二人も口を寄せ合い息を混じらせ、何やら美しい姉妹が一本のバナナでも貪っているようだ。

屋外でしたのも初めてだったし、まさか自分の人生で、列車の中でするなど夢にも思わなかったものだ。

いや、今回の旅に出て、そもそも女性に触れること自体が、全て生まれて初めての体験だったのである。

やがて二人は交互に含んではスポスポと摩擦し、もう治郎も、どちらの口に含まれているのか分からないほど興奮と快感を高めていった。

窓の外は暗く、町の灯りが横切っていくだけである。

「ああ、い、いく……！」

たちまち治郎は快感に喘ぎ、ガクガクと身を震わせながら絶頂に達した。

同時に、ありったけの熱いザーメンがドクンドクンと勢いよくほとばしり、ちょうど含んでいた小夜子の喉の奥を直撃した。

「ク……、ンン……」

小夜子が呻き、すぐに口を離すと、あかりがすかさず亀頭をくわえて余りを吸い出してくれた。

「あう、すごい……」

魂まで吸い取られるような快感に治郎は呻き、心ゆくまで全て搾り尽くしてしまった。硬直を解いてグッタリと身を投げ出すと、あかりも動きを停め、口に溜まったザーメンをコクンと飲み干してくれた。

「あう……」

喉が鳴ると同時に口腔がキュッと締まり、駄目押しの快感に治郎は呻き、ピクンと幹を跳ね上げた。

ようやくあかりが口を離すと、幹をニギニギして余りを搾り、小夜子も一緒になって尿道口に膨らむ白濁の雫まで丁寧に舐め取ってくれた。

もちろん小夜子も、口に飛び込んだ濃い第一撃を飲み込んでくれていた。

「も、もういい、有難う……」

二人の舌の刺激に、過敏になった幹がヒクヒク震え、彼は降参するように言った。二人も舌を引っ込めて顔を上げたので、治郎も手早くペニスをしまい、ファスナーを上げて身繕いをした。

そして二人の顔を引き寄せ、混じり合った吐息を嗅ぎながら、うっとりと余韻を味わった。二人の息にザーメンの生臭い匂いは残っておらず、里の野山に実る果実の匂いがしているだけだった。

やがてシートにもたれて呼吸を整えていると、アナウンスがあり次の駅に停車した。

何人かの乗客も乗ってきたので、もう淫らなことは出来ないだろう。

お喋りだけして過ごし、とうとう二人の降りる駅に着いてしまった。

「じゃ二人とも元気で。東京にも遊びに来て」

「ええ、治郎さんも体に気をつけてね」

二人はリュックを背負って言い、すぐに降りてゆき、電車が走り出すまで窓の外から手を振ってくれた。

やがて走り出すと治郎はシートを元に戻し、ちょうど来た車内販売のアテンダントから、大人になった自分への祝いに缶ビールを一本買った。

（本当に、最大最高の夏休みだったなあ……）

彼は思い、里を思いながらビールで喉を潤したのだった。

※この作品は双葉文庫のために書き下ろされたもので、完全なフィクションです。

双葉文庫

む-02-57

女(おんな)だらけの淫祭(いんさい)

2022年8月7日　第1刷発行

【著者】
睦月影郎(むつきかげろう)

【発行者】
箕浦克史
【発行所】
株式会社双葉社
〒162-8540 東京都新宿区東五軒町3番28号
［電話］03-5261-4818（営業部）　03-5261-4868（編集部）
www.futabasha.co.jp（双葉社の書籍・コミックが買えます）
【印刷所】
中央精版印刷株式会社
【製本所】
中央精版印刷株式会社

【フォーマット・デザイン】
日下潤一

ISBN978-4-575-52595-3 C0193
Printed in Japan